U0536341

〖中华诗词存稿·名家专辑〗

中华诗词学会 编

# 武正国诗词选

武正国 著

中国书籍出版社
China Book Press

图书在版编目（CIP）数据

武正国诗词选 / 武正国著 . –– 北京：中国书籍出
版社，2019.11
（中华诗词存稿）
ISBN 978-7-5068-7539-4

Ⅰ.①武… Ⅱ.①武… Ⅲ.①诗词—作品集—中国—
当代 Ⅳ.① I227

中国版本图书馆 CIP 数据核字 (2019) 第 257503 号

## 武正国诗词选

武正国 著

| | | |
|---|---|---|
| **责任编辑** | 王志刚 | |
| **责任印制** | 孙马飞　马　芝 | |
| **封面设计** | 采薇阁 | |
| **出版发行** | 中国书籍出版社 | |
| **地　　址** | 北京市丰台区三路居路 97 号（邮编：100073） | |
| **电　　话** | (010) 52257143（总编室）　(010) 52257140（发行部） | |
| **电子邮箱** | eo@chinabp.com.cn | |
| **经　　销** | 全国新华书店 | |
| **印　　刷** | 北京虎彩文化传播有限公司 | |
| **开　　本** | 710 毫米 × 1000 毫米 1/16 | |
| **字　　数** | 220 千字 | |
| **印　　张** | 22 | |
| **版　　次** | 2019 年 11 月第 1 版　2019 年 11 月第 1 次印刷 | |
| **书　　号** | ISBN 978-7-5068-7539-4 | |
| **定　　价** | 298.00 元 | |

版权所有　翻印必究

# 《中华诗词存稿》
# 编委会名单

顾　问：郑欣淼　郑伯农　刘　征　沈　鹏
　　　　葉嘉莹

编 委 会：（按姓氏笔画排序）
　　　　丁国成　王　强　王改正　王德虎
　　　　刘庆霖　吕梁松　李一信　李文朝
　　　　李树喜　陈文玲　张桂兴　范诗银
　　　　欧阳鹤　杨金亭　林　峰　罗　辉
　　　　周兴俊　周笃文　宣奉华　赵永生
　　　　赵京战　钱志熙　晨　崧　梁　东
　　　　雍文华

主　　任：范诗银

副 主 任：林　峰　刘庆霖

执行主编：吕梁松　王　强　李伟成

秘　　书：李葆国

# 作者简介

　　武正国，男，1940年生，山西交城人，研究员。曾任中共山西省委常委、秘书长，山西省人大副主任。现为中华诗词学会顾问，中国作家协会会员，山西诗词学会会长。主编有《民族魂》《新田园诗词三百首》《论诗千首》《从洛杉矶到北京》等；著有《拾贝集》《三晋咏怀》《三春集》《抗震救灾群英颂》《北京奥运群星赞》《动物世界探奇》《植物王国记趣》等。

# 总　序

　　我们这个诗歌大国有一个很好的传统,历来注重"采诗"、搜集整理诗歌材料。作为唯一的全国性诗词组织的中华诗词学会,自1987年5月成立以来,就十分重视这项工作。学会每年的学术研讨会和历届"华夏诗词奖",都出版论文集和获奖作品集。纪念学会成立二十年、三十年时,还专门编辑出版了《大事记》《论文选集》《诗词选集》。《中华诗词》创刊以来,每年都制作年度合订本。2007年5月,在北京天识东方文化艺术传播有限公司的资助下,以近代以来诗词创作、诗词理论、诗词运动重要文献汇编,当代名家个人作品专集等为主要内容,出版了《中华诗词文库》。经过十来年的编辑整理,已经出了近百卷。这些诗集、文集的出版,记录了近百年来尤其是改革开放四十多年来,中华诗词从起步、复苏走向复兴的砥砺前行的历程,为近、当代诗歌史的撰写准备了丰富的资料。

　　党的十八大以来,中华民族优秀传统文化重新受到应有的重视。习近平总书记《念奴娇·追思焦裕禄》词和《军民情》七律的相继发表,引领中华大地诗潮滚滚而来。《中共中央关于繁荣发展社会主义文艺的意见》和中办、国办《关于实施中华优秀传统文化传承发展工程的意见》,都明确提出"加强对中华诗词、音乐舞蹈、书法绘画、曲艺杂技和历史文化纪录片、动画片、出版物等的扶持。"国家教育部组织制定由中华诗词学会起草的新中国语言体系中的新韵书《中华通韵》已经通过国家语言文字工作委员会语言文字规范标准审定委员会审定,即将颁布全国试行。这些都使我们真切地感受到,中华诗词的春天真的到来了。诗人们乘着骀荡春风,正以高昂的激情,书写着中华民族伟大复兴的新时代、新史诗,国家富强、民族振兴、人民幸福的中国梦;正以与人民同呼吸、共命运的诗人之心,对人民的欢乐、人民的忧患、人民的情怀给以诗意的表达;正以"美"或"刺"的诗人之笔,对市场经济大潮中人民对幸福生活的期待,对美好未来的希望,对假丑恶的深恶痛绝,或给以方向,或给以赞美,或给以鞭挞。正如习近平总书记所指出的:"好的文艺作品就应该像蓝天上的阳光、春季里的清风一样,能够启迪思想、温润心灵、陶冶人生,能够扫除颓废萎靡之风。"

当前,传统诗词创作者和诗词爱好者队伍发展迅速,已超过三百万。每天创作的诗词作品超过唐诗、宋词、元曲的总和。诗词评论研究队伍也成长很快,诗词评论、诗词学、诗词创作理论研究成果丰硕。如何从浩如烟海的诗词作品中"淘"出优秀作品,并使之存下来、传下去,如何使诗词研究理论成果"面世"并发挥应有的指导作用,确实是摆在我们面前的无可回避的一个重要课题。中华诗词学会是一个没有国家编制,没有国家拨款的社会团体,事业的运转主要靠社会赞助和会员费支撑。俊识(北京)文化传媒有限公司总经理吕梁松、北京采薇阁总经理王强,两位一直是对中华传统文化情有独钟的热心人,慷慨解囊,愿意同中华诗词学会一起,搜集整理编辑推出《中华诗词存稿》这套书,共同为中华诗词文化的继承和发展,做成这件十分有意义的事情。

　　《中华诗词存稿》主要搜集整理出版三部分内容的资料：
一是当代诗词名家的个人作品集；二是当代诗词评论家、诗
词学者的学术著作集；三是当代诗词作品、诗词理论学术成
果阶段性、专题性、地域性的集成类作品集。诗词作品强调
精品意识，沙里淘金，把"有筋骨、有道德、有温度"的优
秀诗词作品搜集起来。诗词评论、研究类资料强调理论性和
创新性，应具有鲜明的个性特点，具有创建性的见解。集成
类的资料应有一定的史料保存价值。总之，做成一套具有当
代价值和历史意义的好书。在此，我们编委会人员，向提供
资料、筛选编辑、版面设计、校对勘误，包括所有为这套资
料付出辛勤劳动的同志们，表示真诚的谢意！


　　　　　　　　　　　　　　　　　　郑欣淼
　　　　　　　　　　　　　　　二〇一九年七月于北京

# 风云归健笔金石振奇声

## 读《武正国诗词选》有感

周笃文

老友正国同志近以其大作见示。我持归览读一过，沉甸甸、光闪闪，感觉出它的特殊分量了。与正国同志交逾十年，对这位从领导岗位退下来的老同志我的印象是厚重可敬，办事极为认真。平时话语不多，一开口就能说到点子上。这不正是"愚公"型的人物么？但当我细读他的诗作，便发觉除中规中矩、朴实雄浑外，还充溢着一种文彩与哲理之美。如其"人"之诗：

撇捺向心立，相扶情笃真。

不争长与短，合力写完人。

只二十个字，却将一个成熟的"人"应具备的品质——笃真、不争，表现得如此深刻有力。处处说用笔之法，却两面关锁，小中见大，真佳作也。再如《再登悬空寺》：

仰望凌空险，登临天地宽。

畅怀容北岳，闲步白云端。

好一个"闲步白云端"，将一种从容高远之境界表现得如此自然而然。至如《夜读》：

一盏台灯桌一张，每逢周末醉书房。

陶然未觉天将曙，错认晨光是月光。

以及《参观吕梁高专微机室》：

电脑连台光线明，座无虚席静无声。

惟闻点击鼠标响，恰似春蚕食叶轻。

两诗的结句比喻入妙，令人回味无穷。另其《采桑子·游重庆》云：

两江弯曲穿城过，江在城中，城在江中。来往车船四面通。

琼楼密集梯形布，楼在山中，山在楼中，高处夜观灯火红。

以及《行香子·除夕放炮》：

焰火喷光，五彩飞扬，万家人、共奏华章。欢欣最数，膝下孙狂。竟乱抓鞭，还抓炮，更抓香。

都是笔姿摇曳，热情喷火，文彩飞扬之佳作。

当然，这部近千首诗集中的主体风格我以为还是一种充实光辉、具有史诗品格的大美。我把它归纳为"风云归健笔，金石振奇声"八个字。因为它为我们展现了一幅时代风云的壮阔画卷。首先是厚重的历史感。诗集的开篇就是《泪送周总理》：

> 棂车缓去冷风狞，万众揪心热泪盈。
> 国失栋梁天欲坠，雾迷街巷厦将倾。
> 无儿无女无私产，多智多才多德行。
> 磊落忠魂萦华夏，丰碑高矗泰山惊。

真是声声滴血，字字揪心的悲愤之作啊。第二首《欢呼》则是庆祝打倒"四人帮"的凯旋进行曲了。

> 欣闻粉碎"四人帮"，举国高歌喜欲狂。
> 瘴雾腥风终散去，神州又见出朝阳。

这种悲喜两重天的诗章，正是那个风雨如磐的时代缩影啊！

一九九九年美国悍然轰炸我驻南使馆，举世声讨，诗人愤然提笔写下了两首《水调歌头》。其下片云："被欺者，齐抗暴，卫国家。全球大众，讨伐声浪震天涯。日月岂能倒转，江河岂能逆动，正义岂怕邪！霸道恶如虎，实乃癞蛤蟆。"又一云："山岳恼，江河忿，恨难泯。神州上下，悲愤洒泪祭忠魂。今日中华民族，岂可再遭欺侮，凶手必焚身。烈士浩然气，永世受人尊。"这为我们留下了气冲牛斗的力作。正是全国人民愤起抗暴的干霄正气，迫使恣暴者，终于低下头颅，五次向我国道歉赔款！

其次是壮伟的时代进行曲。正国同志好写组诗。他的《抗震救灾群英颂》一口气推出了七十多位感天动地的英雄人物。如《谭千秋》："临危箭步舍身上，铁臂张开撑起天"，讴歌了舍生忘死的班主任，以及"为救同窗甘洒血，青春定格绽苞时"的12岁藏族女生邹雯樱等，平凡而又伟大的人物。其《北京奥运会中国金牌得主》组诗以充满激情与自豪的诗笔为陈燮霞等荣获五十一枚金牌的英雄塑出了群像。如"浑然不觉杠铃沉，……闲时爱弄绣花针"的大力士刘春红以及"蝶后欣然浮出水，浪花溅起一池歌"的蝶泳冠军刘子歌等的娟美形象与"六百多斤抓挺擎，一声大吼起雷霆"张湘祥的拔山举鼎的威猛气概，两相衬映，令人为之神耸。正国同志用这样"集束炸弹"式的表现手法，以扩大诗的张力，冲击人的心灵，进而展示当代英杰的崇高形象，毫无疑问是成功的。

山秀胜情，也是正国诗集中奇辉璀灿，声铿金石的闪光之点。如《壶口瀑布》：

幽幽峡谷荡惊雷，万古黄河万里来。

奋勇争锋无反顾，排山倒海向前开。

"奋勇"一句，在壮险之外注入了人格的力量，因而更富有启迪性。又如《卜算子·万家寨引黄工程》：

三晋旱垣多，誓取黄河水。滚滚清流润太原，万众齐欢喜。坝顶耸云天，涵洞长千米。艰巨艰难艰苦情，世上谁能比！

在赞颂伟大引水工程的同时，强调了创业者无比艰苦的奉献精神，用以昭示后人，就把主题深刻化了。其《锡崖沟路魂》云：

> 工地高高挂半空，逶迤隧道似天宫。
> 洞中沿壁开窗户，观景采光通爽风。

锡崖沟公路直上直下如挂在壁上，奇险无比，又称挂壁路。此诗撷取特殊的角度，以浪漫的手法加以表现，便化险夷为乐园了，很见作者的胜情与妙才。

其《燕子矶》云：

> 登上悬崖石，全身矗半空。
> 两桥排左右，百舸走西东。
> 历代留名句，今人唱大风。
> 清秋宜放眼，夕照满江红。

既写了其自然之险峻，又彰显了当代的色彩，"夕照"一结，气足神完，不愧为奇响惊天的佳作。

正国同志从省级领导岗位退下来后，主持山西吟坛，千方百计推广诗词，使山西的创作、研究面貌一新。在新田园诗创作及散曲研究与创作上，更是一支独秀，引领当代风骚。这和正国同志的倡导与努力是分不开的。这些情况在诗集中都有生动的反映。正国同志不仅是一位优秀的诗人，还是重要的诗词领军人物与活动家。相信此集之出版对于活跃诗词创作与推动诗词事业必有积极的贡献。

# 目　　录

## 泪送周总理

椁车缓去冷风狞，万众揪心热泪盈。
国失栋梁天欲坠，雾迷街巷厦将倾。
无儿无女无私产，多智多才多德行。
磊落忠魂萦华夏，丰碑高矗泰山惊。

一九七六年一月

## 欢　呼

欣闻粉碎"四人帮"，举国高歌喜欲狂。
瘴雾腥风终散去，神州又见出朝阳。

一九七六年十月

## 鹿特丹轮船宾馆

远航退役海边停，修饰豪华门耀星。
食宿参观重启用，功能变换老还青。

一九八九年三月

# 柏林破教堂

战火创伤闹市留，摇摇欲坠不翻修。
繁荣破败反差大，过往行人思绪悠。

一九八九年三月

【注】

在柏林闹市区，有一座二战期间被炸掉半边的教堂依然保留
毁坏原貌，让人们永记战争的残酷。

# 瞻仰列宁遗容

四面人流汇，队排红场中。
青年携伴侣，翁妪带儿童。
言语互差异，皮肤各不同。
目标相一致，等待去鞠躬。

一九九二年六月

# 贝加尔湖畔

日没西山暮霭阴，鱼潜深底鸟归林。
孤翁牵犬湖边坐，飒飒野风凉透心。

一九九二年六月

# 布拉格家庭旅店

设备齐全一小楼，全程服务宿无愁。
客房归女厨归母，老板开车兼导游。

一九九二年六月

# 沁园春·纪念毛主席诞辰一百周年

今日神州，再展雄风，威震八方。看春风得意，润酥大地；巨轮抖擞，驶向重洋。十亿同胞，英姿飒爽，阔步前程奔小康。教环宇，俱肃然起敬，盛赞荣昌。　　欣迎遍地辉煌，忆创业前贤血气刚。率千军万马，赴汤蹈火；推翻封建，赶走列强。勤建家园，抗衡霸主，凛凛豪情扛大梁。呕心血，著雄文四卷，永放光芒。

一九九三年十二月

## 赠文秘同仁

献身文秘不邀功，职位平凡事业崇。
四体辛勤寒继暑，五官劳碌始连终。
下传上报桥梁畅，划策出谋言语衷。
莫谓涓流波细小，汇江涌浪直奔东。

一九九四年一月

## 卜算子·太旧高速公路

跨越太行峦，三晋佳音奏。山外青山天外天，阔步前程秀。　　时代焕然新，岂可居人后。封闭头衔甩给谁？文物商家购！

一九九六年六月

## 卜算子·万家寨引黄工程

三晋旱垣多，誓取黄河水。滚滚清流润太原，万众齐欢喜。　　坝顶耸云天，涵洞长千米。艰巨艰难艰苦情，世上谁能比！

一九九六年六月

# 天龙山蟠龙松

扭曲盘旋八面伸，虬枝苍劲古香醇。
浑然一把撑天伞，豁达胸怀荫路人。

一九九六年七月

# 咏厨师

披星戴月下厨房，整日团团围灶忙。
暑夏气蒸身闷热，寒冬水泡手冰凉。
油烟呛烤喉生痛，煤火烘熏面泛黄。
辛苦操劳何所愿？欣闻顿顿满堂香。

一九九七年五月

# 咏理发师

臂平腰正挺如松，练就常年站立功。
屏气定睛神贯注，飞刀舞剪艺精工。
轻轻涤却一头垢，款款梳来万缕绒。
日月经年容泛皱，但求大众笑颜红。

一九九七年五月

# 咏幼儿教师（二首）

## （一）

满眼生机立玉婷，备尝甘苦是园丁。

丝丝心血化春雨，洒向苗苗沃嫩青。

## （二）

育智培能茹苦辛，饥寒病痛更留神。

既当师长亦家长，不是母亲如母亲。

一九九七年五月

# 飞机上观日出

沉沉夜幕压低空，忽见朝曦升正东。

转瞬炎炎光耀眼，乌云怎盖太阳红！

一九九七年六月

# 飞机上观云海

茫茫云海蔚奇观，洁白轻柔似絮团。

裁向五洲贫困地，尽供大众御冬寒。

一九九七年六月

# 巴黎公社墙

创举从来悲壮多，满腔热血洒高坡。
英雄身殁音犹在，国际高歌国际歌。

一九九七年六月

【注】

巴黎公社，人类历史上第一个无产阶级新型政权。公社墙在巴黎市区北部高地，系巴黎公社遗址。

# 埃菲尔铁塔

疑虑新潮淹古城，建时设计引纷争。
而今游客慕名至，竞睹巴黎铁象征。

一九九七年六月

# 罗浮宫

湖碧草青无垢尘，馆藏处处列稀珍。
畅游一日览千载，历史长廊晤古人。

一九九七年六月

## 生查子·清水上山

当年吃水难，挑水深沟里。压断后生
腰，磨透千层底。　　如今水上山，畅饮
甘泉美。抬手扭龙头，碧浪盆中起。

一九九七年六月

【注】

千层底为北方农村农做鞋的一种鞋底。

## 生查子·农民夜校

讲师农大来，听众如潮水。室外摆高
台，满院皆欢喜。　　从前搞斗批，来者
寥无几。队长喇叭催，怎奈无人理！

## 山中脚夫

山头景美奈山高，幸有滑竿替腿劳。
游客身轻如插翅，脚夫肩重似抬刀。
心忧凉爽缺人雇，情愿烘炎烈日熬。
释负用餐餐馆外，水瓶红薯袋中掏。

一九九七年七月

【注】

滑竿，我国南方山区一种供人乘坐的交通工具，由两人抬着行走。

# 迎香港回归（二首）

## （一）

神州源远五千载，自古香江属我疆。

无奈清廷多腐败，丧权割地国遭殃。

## （二）

一统金瓯乃至尊，岂容强盗永鲸吞。

今朝洗雪百年耻，十亿神州圆梦魂。

一九九七年七月

# 晋焦高速公路

峻岭狂风吼，红旗云际飘。

大军冲险阻，天堑斩顽枭。

峭壁穿深洞，鸿沟架拱桥。

中原呈眼底，逐鹿信非遥。

一九九八年三月

# 赠台湾同胞

　　一九九八年六月三日，台湾山西同乡会参观团回故乡观光，在欢迎仪式上，即席吟诗一首。

同语同文同祖先，枯眸相望意绵绵。
亲人翘首盼团聚，归去来兮待几年？

一九九八年六月

# 忆五十年前故乡解放日

当年拂晓炮声隆，惊醒乡亲迷梦中。
笑语传来门缝看，官兵血染战袍红。

一九九八年七月

# 西　湖

千年胜景今亲睹，处处婀娜处处情。
日映湖心金影乱，岛浮水面晚风轻。
风光文物相融秀，匠艺天工互衬精。
夜幕悄临人忘返，彩灯渐显岸方明。

一九九九年一月

# 南 湖

扁舟一叶傍湖横，乍响春雷举世惊。

星火燎原驱黑暗，大旗映日撒光明。

南征北战英雄志，冒死舍生豪杰情。

为有前贤鲜血沃，赢来华夏尽峥嵘。

一九九九年一月

# 太 湖

闻名遐迩丝绸地，一派繁华伴古香。

沿岸楼群鳞次布，跨湖船队往来忙。

夕阳隐现烟波里，胜迹铺排街巷旁。

有此神州神往处，世人何必慕天堂。

一九九九年一月

# 玉楼春·滑冰

六旬未满何言老？蹒跚同辈少。腰椎僵硬打弯难，脚板滑溜常闪倒。　　踯躅初学无烦恼，渐次开怀冰面绕。欲求诀窍在何方，不怕摔跤拙藏巧。

一九九九年二月

# 送书行

中央电视台《读书时间》栏目的编播人员，募集大批图书，亲送山西老区。我有幸参加了送书座谈会，感慨系之，赋诗一首。

读书是件好事情，长知增智利德行。
怎奈街头地摊上，混珠鱼目散臊腥。
中央电视有灼见，开辟专栏正视听。
举荐佳作话民意，聚焦热点谈社情。
节目播出反响大，山村百姓也欢迎。
欢迎之余生感慨，想买好书家贫清。
老区渴望文科教，演播人员坐不宁。
联络首都出版界，捐助书籍千里行。
风尘仆仆到三晋，直达山沟沁水汀。
乡亲奔走喜相告，手捧图书泪盈盈。
送书事小意义大，大在向下送温馨。
哪里乡亲有疾苦，亲自解决显真诚。
公务人员享俸禄，衣食父母要永铭。
从事职业有差异，为民服务宗旨明。
深入基层勤办事，扶贫帮困促峥嵘。

一九九九年三月

# 王莽岭

登临王莽岭，方识太行高。
脚底腾云雾，探天举手劳。

一九九九年四月

# 陵川锡崖沟路魂（五首）

## （一）

移山古颂愚公志，开路今歌沟里人。
万险千难等闲待，感天动地梦成真。

## （二）

劈山凿洞八公里，暑去寒来多少春？
汗水晶莹鲜血艳，英雄创业倍艰辛。

## （三）

危岩绝壁伸天际，脚下悬崖百丈深。
鸟兽匆忙离路去，身临此境也惊心。

## （四）

工地高高挂半空，逶迤隧道似天宫。
洞中沿壁开"窗户"，观景采光通爽风。

## （五）

录音摄像撰诗文，难绘锡崖开路魂。
谙晓真情须体验，劝君亲往此山村。

一九九九年四月

## 水调歌头·痛斥霸权暴行

橄榄枝高举，张口露獠牙。无端恣意轰炸，无耻自相夸。谁敢不听摆布，出动飞机军舰，领土炸开花。丑恶狰狞态，自破伪袈裟。　　被欺者，齐抗暴，卫国家。全球大众，讨伐声浪震天涯。日月岂能倒转，江水岂能逆动，正义岂怕邪！霸道恶如虎，实乃癞蛤蟆。

一九九九年五月

## 水调歌头·悼念烈士英灵

使馆罹横祸，子夜起烟尘。馆中优秀儿女，慷慨献青春。勇敢伸张正义，揭露霸权嘴脸，据实发新闻。强盗恼羞怒，毒手暗中伸。　　山岳恸，江河忿，恨难泯。神州上下，悲愤洒泪祭忠魂。今日中华民族，岂可再遭欺侮，凶手必焚身。烈士浩然气，永受世人尊。

一九九九年五月

## 青海行（四首）

### 鸟岛奇观

数万雁鸥来聚会，熙熙攘攘好生欢。
年年守信随春到，日日护巢孵卵安。
万里寻根历艰险，千回吐哺忍饥寒。
鸟心恋祖亲儿女，似懂人情蔚壮观。

### 草原胜景

漫坡遍野绿油油，东牧羊群西放牛。
小小野花稠密布，清清溪水曲弯流。
微风阵阵拂神爽，细雨濛濛润草柔。
云散天高原野阔，远山挺峻雪遮头。

一九九九年六月

## 夏至时节

关中水稻已葱绿，陇右麦田初泛黄。
登上高原青海省，青稞尚待露锋芒。

一九九九年六月

## 青海湖

遥望蓝蓝一线妍，彩云绿野缀周边。
近观浩渺岸何在？水远天低水漫天。

一九九九年六月

# 太原雄姿（四首）

## 迎泽大街

出入龙城街道阔，首推此路势恢宏。
中穿闹市东西过，边衬高楼南北呈。
八路车流无浪溅，两行树摆有风迎。
为宽昔日遭非议，显短今朝又拓程。

## 汾河公园

喜见汾河今日清，精心梳理现峥嵘。
烂泥涤荡蓬蒿净，异味消除堤坝平。
管内排污污隐匿，槽中聚水水丰盈。
工余闲步百花岸，遥看轻舟镜面行。

## 武宿立交桥

犹如龙蟒舞盘旋，四望雄姿异彩悬。
道路蜿蜒弯曲走，轿车起伏往来穿。
横由华北达西北，纵下江边至海边。
建筑高难精快省，鲁班再世亦称贤。

## 飞机场

现代装潢金壁辉，筑巢引凤凤来依。
往还方便规程简，服务周全笑貌微。
开拓一流长跑道，包容各色大型机。
龙城放眼看环宇，万里长空任远飞。

一九九九年十月

# 晋祠览胜（五首）

## 宋代侍女塑像

休言粉黛皆泥塑，异彩纷呈栩栩生。
步履翩翩风拂袂，身姿袅袅目传情。
樱桃唇角笑浮靥，柳叶眉梢怨忍声。
若问缘何活如许？匠师心血化轻盈。

## 周　柏

苍劲巍峨多少年？枝繁叶茂欲摩天。
根盘沃土营养足，身浴霞光枝叶翩。
阅尽沧桑心有数，饱经霜雪干终偏。
何愁高寿难承继，晚辈亭亭立眼前。

## 难老泉

悠悠难老今终老，泉上空留难老亭。
幸赖抽提深井水，勉为维系浅渠泾。
微波藻草依稀见，激浪涛声无处听。
吁请世人多注目，涸泉渴望再年青。

## 傅山隐居处

流连青主栖身地，仰慕平生业绩丰。
国画传神承古典，草书创体据新峰。
文辞隽永砭时弊，医术精深疗佃农。
气贯长虹难得志，甘居陋室抗严冬。

## 董寿平美术馆

千年胜迹点丹青，十里园林缀画屏。
松干雄浑形伟岸，竹枝摇曳影娉婷。
梅花鲜艳傲霜雪，兰蕊幽香浸院庭。
人慕君名扬四海，君于故里系魂灵。

一九九九年十一月

【注】
董寿平，现代著名国画大师，山西洪洞县人。董老生前将多年创作的数百幅书画精品赠送故乡。为此，山西省人民政府在晋祠博物馆内修建了董寿平美术馆，成为晋祠一个新景观。

# 晋商觅踪（六首）

## 乔家大院

晋商宅院甲天下，尤数乔家人最夸。

摆布宽宏胸顿阔，造型变幻眼缭花。

经营几辈勤无懈，积累多年俭有加。

微细不捐成大器，生财生自豆芽芽。

## 王家大院

打破常规弃平正，出奇致胜构斜宫。

沿坡庭院梯形布，拔地堡墙天际冲。

广厦千间排有序，精雕万种状无同。

登楼小憩回眸瞰，如画青川薄雾中。

## 渠家大院

当地人称渠半城，整街整巷属渠卿。

街头商店正兴旺，巷尾钱庄又落成。

料理宗宗皆火爆，运筹件件俱精明。

投资矿业闯新路，敢向洋人据理争。

## 常家庄园

常家亮相一鸣惊，远近高低任尔评。
堂院庄严凝厚重，园林灵秀绽峥嵘。
首开世贸茗茶路，独创儒商诗礼营。
十代传承操胜券，学优则贾尽精英。

## 三多堂

曹氏当年产业丰，就中此处尚遗雄。
外墙高耸平如镜，内院幽深严似宫。
字号频频跨欧亚，人才济济辟商工。
德高务贾财源茂，严教传家四代红。

## 日昇昌票号

华夏银行谁首创？平遥城内日昇昌。
贷存方便联千户，汇兑及时通四方。
总部分支共连锁，财东掌柜各由章。
资金雄厚循环快，名满神州誉远长。

一九九九年十二月

# 迎澳门回归（六首）

## （一）

莲岛飘零多患难，文明华夏历沧桑。
亲情骨肉炎黄脉，北望神州是故乡。

## （二）

母亲岁岁思游子，游子时时念母亲。
斗转星移期聚会，魂牵梦绕盼良辰。

## （三）

金瓯破碎谁重造？自有精英勇献身。
横扫妖魔天见日，革除弊制焕新春。

## （四）

如今华夏凯歌喧，迎罢香江迎澳门。
喜事连连逢盛世，扬眉吐气世人尊。

## （五）

欢庆澳门归故里，一条真理万钧雷。
贫穷羸弱陷涂炭，举国图强国运开。

## （六）

欢庆澳门归故里，远瞻前景不徘徊。
同胞隔岸共期待，游子终如春燕回。

一九九九年十二月

## 渔家傲·喜雪

连续三年遭大旱，终来雪片铺天漫。
展翅雄鹰云际转。宵达旦，抢抓机遇加油
干。　　雪后出门街面看，车流堵塞排长
串。行路滑溜人不怨。齐赞叹，银花满树
春光灿。

二〇〇〇年一月

# 蝶恋花·平遥灯会

春夜古城分外美，五彩争辉，光照三华里。熙攘游人传笑语，金龙耀眼雄无比。　　登上城墙情更绮，烟火腾空，未艾方兴起。座座谯楼镶艳缕，悠悠伴月融天体。

二〇〇〇年二月

# 杏花村

信步酒家时正春，清香缭绕诱诗神。
挥毫落墨细回味，佳句何如佳酿醇！

二〇〇〇年二月

# 咏工（七首）

## 炼钢工

全副武装迎热浪，火红映面汗珠蒸。
心花钢蕊一齐放，胸臆炉膛两沸腾。

## 采煤工

搏却阴寒驱黑暗，采来温暖送光明。
煤灰满面心纯净，水火无情人有情。

## 勘探工

跋山涉水走天涯，处处无家处处家。
万宝深藏千百米，一双慧眼绽奇葩。

## 建筑工

建起高楼栋栋宏，寒冬炎夏住工棚。
家家迁向新居日，开赴荒滩再扎营。

## 纺织工

人分男女时分季，爱好要求各不同。
万紫千红由尔选，丝丝出自织机中。

## 造林工

斗转星移不动心，扎根荒野度光阴。
一头黑发染霜雪，数座童山披绿林。

## 环卫工

挥帚凌晨梳路面，脸蒙汗水御寒风。
回头笑看长街美，心共朝阳火样红。

二〇〇〇年四月

## 咏农（五首）

### 粮 农

汗浇禾土细耕耘，粒满仓廒米袋殷。
经济腾飞奠基础，人心稳定建奇勋。

### 棉 农

育成桃絮竞相开，疑是白云铺地来。
撷送机梭理经纬，化成彩练巧娘裁。

### 菜 农

居民生活悄悄变，绿色如今受爱怜。
植在大棚皮肉嫩，保教万户总尝鲜。

# 果 农

灌溉施肥防病害，满园鲜果惹人亲。
清香酥脆甘甜味，回报风餐露宿辛。

# 花 农

人人爱赏花争艳，谁不欣闻蕊吐醇？
水洒土培繁似锦，家家购置室常春。

二〇〇〇年四月

# 练 字

练书犹炼人，撇捺俱求真。
楷体未平正，不贪狂草神。

二〇〇〇年七月

# 写 诗

洞察人间事，畅抒心底音。
有情方咏叹，无病不呻吟。

二〇〇〇年七月

## 下　棋

案牍摞重重，难于一放松。
偷闲邀友弈，纵马捣黄龙。

二〇〇〇年七月

## 游　泳

随意悬空舞，四肢腾浪柔。
只缘谙水性，娴熟主沉浮。

二〇〇〇年七月

## 咏历史人物（八首）

### 秦始皇

一统江山四海平，踌躇满志气恢宏。
开渠拓展农桑牧，颁令筹规度量衡。
滥杀儒生焚竹简，大修陵墓筑豪宫。
覆舟暴政淹勤政，短命长留青史评。

# 司马迁

胸怀大志奋追求，贫贱难移品学优。
石室金匮精阅读，名山古迹遍遨游。
含冤忍辱谋生计，负重图强摈怨尤。
巨著行行凝血泪，英魂磊磊炳千秋。

【注】

司马迁为李陵出征匈奴兵败投降一事解释了几句，竟被汉武帝处以死刑。按当时惯例，犯死罪者有两种情况可以免死。一是出钱赎罪；二是受腐刑。司马迁无钱赎罪，为了继续完成《史记》的创作，甘愿忍辱负重选择受腐刑以换取生存权。

# 诸葛亮

羽扇纶巾光照人，奇才旷世一忠臣。
殷殷三顾思知遇，漫漫两朝克尽仁。
巧借东风烧赤壁，远谋西蜀抗强邻。
出师上表声声泪，留得华章伴洁身。

# 武则天

廓清宇内谱新篇，何惧顽臣拦路边！
步履艰难心不颤，身躯舒展志弥坚。
筹谋宫室频频胜，整顿朝纲屡屡先。
毁誉由来欠公道，咎归武氏女流缘。

## 包　拯

鄙视弯钩赞栋梁，浑身是胆性刚强。

皇亲犯罪难逃网，百姓伸冤径上堂。

黑脸红心匡正义，布衣粗食溢清香。

勤于诉讼留经典，后代何官可继纲？

## 于　谦

外患内忧肝胆摧，能文善武显奇才。

济贫惩腐施廉政，救险解危平祸灾。

为献光明甘作炭，欲留清白愿成灰。

家遭抄检翻箱底，搜出纹银几两来？

## 林则徐

忍见山河毒蔓延，食无甘味寝难眠。

拯民不惧死神唤，卫国何忧横祸牵！

十里虎门擂战鼓，万箱魔土化乌烟。

蒙冤遗恨罢官去，一曲悲歌唱万年。

## 洪秀全

一呼百应起金田，突破重围杀向前。
由弱到强江汇海，摧枯拉朽气冲天。
定都建政开新宇，兴学均田禁大烟。
怎奈骄奢加内讧，自吞苦果泪涟涟。

二〇〇〇年九月

# 南国游吟（十二首）

## 登广州白云山

重重绿树覆山坡，密密人流笑语多。
头上飞云播细雨，弯弯来路伞如蘑。

## "天堂"观鸟

榕树浓阴遮小岛，常栖群鸟号天堂。
我来何故无踪影？外出奔波觅食忙。

【注】

广东江门市有一榕树，独木成林，覆盖了十几亩地的一个小岛，是群鸟栖息的好地方。多年来，每天有成千上万只小鸟清晨飞出，黄昏飞回，被作家巴金称之为"小鸟天堂"。

### 轻舟珠海澳门穿

轻舟珠海澳门穿，两岸盈盈一水连。
左右高楼相对出，团圆共享太平年。

### 参观孙中山故居

山青水秀翠亨村，先哲故居寻旧痕。
小院门前楼厦起，繁华一派慰忠魂。

### 过虎门

十里长桥架海天，飞车来往谱新篇。
销烟池畔炮台立，遥忆前贤浴血年。

### 赏端砚

凝重雄浑体质坚，肌肤细润线条妍。
深山埋没同顽石，勤采精雕赖匠贤。

### 桂林芦笛岩溶洞

古树鲜花遍地生，珍禽异兽态纷呈。
丰收蔬果窗前挂，童叟坐听芦笛声。

## 桂花香桂林

原闻山水甲天下，孰料桂花分外香。
八月正当苞放日，满城绿树吐芬芳。

## 泛舟漓江

山存灵秀水藏仙，尚赖游人广爱怜。
总理恩来亲创意，万千翠竹绣江边。

【注】

1960年周恩来总理游览漓江时，指出江边树木少，建议移植
蜀竹绿化。如今，一百多万株翠竹护围在两岸，使漓江更加妩媚
多姿。

## 参观阳朔徐悲鸿故居

闹市中心街一旁，幽幽小院独凄凉。
三间展室门严锁，余屋出租将务商。

## 西双版纳

时晴时雨惠风清，人在花山树海行。
傣族姑娘善歌舞，身轻比蝶嗓追莺。

## 古城丽江

小桥流水江南韵，大雪封山塞北冬。

漫步古城听古乐，轻撩云雾上云峰。

二〇〇〇年十月

# 深山访贫（六首）

我在山西省委工作时，分管的办公厅在左权县羊角乡定点扶贫。我去过羊角15次，走过全乡各个村。最后到的一个山庄叫小寺上，在大山深处，不通公路。有一天，我同工作队和县乡干部翻山越岭，徒步跋涉整一上午，才到达小寺上，得知这里的人家都是解放前逃荒来的，亲身感受了如今深山村民的苦乐愁愿，共同座谈了脱贫方案。根据村民的要求，确定将小寺上整体移民到山外条件较好的村庄居住。时隔两年，近日乡村的干部群众来看我，谈到移民计划基本落实。听了心里方觉踏实，顿时，脑海又浮现初访小寺上的情景。

## （一）

岭高村落远，拄杖勇登攀。

为察乡亲苦，何忧步履艰。

咬牙将腿迈，俯首把腰弯。

直上两千米，连翻数座山。

## （二）

来到深沟里，乡亲格外亲。
白馍加烙饼，土豆烩山珍。
一桌家常饭，全庄淳朴人。
欣闻缸瓮满，储备足三春。

## （三）

饭后登门访，甜中有苦酸。
就医求学远，购物卖粮难。
屋陋油灯暗，家凉光棍寒。
声声倾肺腑，句句痛心肝。

## （四）

邀来众老乡，共议脱贫方。
妇女嗓音亮，男人语调强。
大家详讨论，干部细商量。
逐项评优劣，分条论短长。

## （五）

归纳干群愿，支书阐主张。
"生存条件差，投入负担昂。
坡地还林草，居民移好庄"。
县乡欣许诺，我亦应承帮。

# （六）

依依相话别，对视泪盈盈。
一副红鞋垫，十分深感情。
如儿离母去。似母送儿行。
径转山遮眼，心潮久不平。

二〇〇〇年十二月

# 重庆纪游（三首）

## 渣滓洞春节联欢会

铁门严锁自由身，铐镣难摧主义真。
自信寒冬临末日，狱中起舞共迎春。

## 白公馆狱中制旗

开国欢呼礼炮隆，牢房依旧刮阴风。
豪情寄帜迎天亮，血染红旗旗更红。

## 张关溶洞

仰望千姿皆倒悬，俯观百态戏深渊。
高低导演均由水，正反位移天地旋。

# 长江三峡掠影（三首）

## 瞿塘峡夔门

层峦叠嶂万山崇，根固石坚无路通。
汹涌江流犹利斧，劈开立壁下巴东。

## 小三峡

清流见底曲弯弯，浪涌鸳鸯猴戏山。
细雨轻岚迷后路，谁移仙境到人寰？

## 巫山神女峰

神女飞离寂寞宫，下凡袅袅立高空。
应时轻理云和雾，勤洒甘霖赐顺风。

二〇〇〇年十二月

# 移民乐

吃尽深山苦，全家乐启程。
收拾油灯盏，告别茅草棚。
越岭跨沟走，风顺脚步轻。
喜看移民点，满眼尽峥嵘。
公路宽又直，耕地块块平。

排房向阳盖，街道分竖横。

清水流进院，窗户玻璃明。

更羡众乡亲，早到先脱贫。

孩子歌声亮，上学免出村。

长辈炕头笑，彩电赏戏文。

姑娘乘"夏利"，城里选花裙。

后生驾"铃木"，镇上会情人。

光景这般好，相怨晚动身。

二○○○年十二月

## 鹊戏岁寒三友图

翠竹凌寒犹挺拔，青松上冻更巍峨。

红梅冒雪绽香蕊，喜鹊迎风鸣凯歌。

二○○一年一月

## 搓澡工

毛巾飞舞处，污垢涤除空。

顾客浑身汗，位移搓澡工。

二○○一年二月

# 山庄窑洞

冬天温暖夏天凉，崖是篱笆山是墙。
欲找邻居聊趣事，登梯径上自家房。

二〇〇一年三月

# 壶口瀑布（五首）

## （一）

幽幽峡谷荡惊雷，万古黄河万里来。
奋勇争锋无反顾，排山倒海向前开。

## （二）

虎跃龙腾撼险崖，兜风喷雾彩虹排。
波澜壮阔开胸臆，滚滚洪涛尽入怀。

## （三）

万水同心汇一壶，激流澎湃劈通途。
母亲魂系力凝聚，十亿儿孙道不孤。

## （四）

万险千难何惧哉，临危一吼下高台。
粉珠碎玉等闲事，化作奇葩永绽开。

## （五）

天际狂飙扑面旋，摩肩巨浪罩云烟。
出神入化涤荣辱，梦寐思游终梦圆。

二〇〇一年三月

# 苏三监狱（二首）

## （一）

阴森监狱锁苏三，弱女受刑冤恨含。
不怕恶人先告状，堪忧酷吏见财贪。

## （二）

妓妾生涯心刺针，无端复压大枷沉。
当年女子本多苦，貌美才高罪更深。

二〇〇一年三月

# 嘲街头算卦者

伺机彩票发行频，又有邪风起恶尘。
画饼充饥吹"吉数"，装腔作势卜"良辰"。
宣扬迷信喷烟瘴，故弄玄虚搬鬼神。
果是身怀先觉术，何将巨奖送他人？

二〇〇一年三月

# 春　草

刺骨风沙仍未停，霜天万木尚冥冥。
早春二月春何在？墙角悄悄绽嫩青。

二〇〇一年三月

# 渔歌子·觅诗

意绪绵绵脑际萦，千回梳理寝难宁。
平仄仄，仄平平，翻来复去到天明。

二〇〇一年三月

# 环境保护歌

环境趋恶化，问题遍全球。
多少河干涸，河床聚污油。
水草匿踪影，鱼虾一命休。
白天日暗淡，晚上星月幽。
空气浮悬粒，时时侵鼻喉。
荒漠在扩展，步步逼田畴。
刮起沙尘暴，出门行路愁。
环境趋恶化，人为找原由。
伐木垦草地，绿罄水土流。
超采地下水，浪费更堪忧。
滥挖乱炼矿，随处堆渣丘。
排污欠节制，气臭脏水稠。
农药喷作物，失控毒残留。
五十多亿人，一个地球村。
爱护生存地，即是惜自身。
国际签公约，各国共同遵。
神州上到下，环保初动真。
国家发号召，八方响应频。
广植树和草，保水息沙尘。
资源倡节约，点滴视珠珍。
治污定标准，达标限时辰。
商品兴绿色，安全无污痕。
从我先做起，三包自家门。
垃圾勤处置，街院面貌新。

经济作杠杆，法制有章循。
教育入情理，舆论造气氛。
数管一齐下，治标又治根。
狠抓仅几载，成效多处闻。
持续务实干，众力扭乾坤。
山川重秀美，气象复清纯。
丰碑立当代，恩泽惠子孙。

二〇〇一年三月

## 赠刘德宝

了无官架子，情系种田人。
热汗洒黄土，清词诵绿茵。
胸中江海阔，心底米粮珍。
每遇桑麻事，欢谈总入神。

二〇〇一年三月

## 洛杉矶购衣

一流商厦一流货，精料精工无复加。
万里携回才发现，签标产地是中华。

二〇〇一年三月

# 读温祥《五情吟草》

笑傲沉疴肆意侵，神思雄健放怀吟。
夕阳堪比朝阳艳，金出熔炉诗出心。

二〇〇一年三月

# 依韵和姚奠中先生赐诗

有幸识先生，如游艺海里。
学术领风骚，文章真善美。
诗词造诣深，行书自成体。
画笔与篆刀，刚柔见功底。
才高德更高，育人肯舍己。
晚霞烂漫红，遍地映桃李。

二〇〇一年三月

# 附：姚奠中先生诗《题武正国〈拾贝集〉》

西哲论文艺，真实朴素美。
真实根生活，朴素更可喜。
拾贝在公余，切近合此理。
要言故不烦，丝丝出心底。
情志借声韵，非与骚人比。
质之胡博士，惊叹应不已。

## 浣溪沙·春到山乡

柳绿桃红连翘黄，麦苗青翠菜花香。
清风细雨润山乡。　　春燕轻歌穿树顶，
耕牛小憩卧田旁。农家下种抢墒忙。

二〇〇一年四月

## 太行峡谷行

峭壁冲天势欲倾，奇岩怪树使人惊。
两三飞鸟争鸣过，瀑布悬空水透明。

二〇〇一年四月

## 浣溪沙·洪洞大槐树清明观鸟

节值清明月待圆，大槐树处显奇观。
思乡飞鸟准时还。　　结队盘旋宗庙顶，
成群降落老枝端。众人仰望尽叹然。

二〇〇一年四月

# 司马光故里

陵园肃静柏威仪，古冢高高芳草披。

少小砸缸聪且勇，老来修史醉犹痴。

潜心文苑甘融苦，出手政坛赢蕴悲。

方暖乍寒风摆树，杏花飘向杏花碑。

二〇〇一年四月

# 雪盖桃花

## ——山西平陆县桃花节偶遇

清明过后花正红，骤然一夜起朔风。

凌晨外出抬眼望，雪漫高坡桃林中。

红花头上盖白雪，春日景致乍返冬。

可怜芳容怎禁冻，冷气直向嫩蕊攻。

村民闻讯齐出动，举棒向树抖雪绒。

轻轻敲打无济事，手重又恐枝干疼。

须臾太阳东山照，寒雪悄悄尽消融。

一场虚惊成趣事，群芳带露色更浓。

乡亲相视长舒气，人面桃花溢笑容。

二〇〇一年四月

# 谒洛阳白居易墓

香山远望郁葱葱，仰慕琵琶拜白公。
身后身前皆碧草，笑眠高处沐春风。

二〇〇一年四月

# 品味田树苌书法集

师古不拘古，披荆觅特新。
天然盈稚气，浑朴荡清醇。
表象拙狂怪，深层美善真。
作书犹立志，风骨恰如人。

二〇〇一年四月

# 永祚寺牡丹（四首）

## 花

四月牡丹迎暖风，姚黄魏紫状元红。
千年世事沧桑变，国色天香今古同。

## 叶

五彩缤纷翠绿陪，甘当配角岂心灰！
迎花怒放送花去，仍把生机满院栽。

# 枝

严冬坚挺抗寒风，春孕玉颜营养丰。
蓓蕾竞开争艳日，隐身香蕊嫩青丛。

# 根

巧生枝叶妙生花，直使芳容众口夸。
无利无名无怨悔，长埋地下伴泥巴。

二〇〇一年五月

# 玄中寺

绿树环周鸣鸟娇，牡丹丰满竹苗条。
玄中净土香飘远，引得东瀛渡海朝。

二〇〇一年五月

# 卦山柏

森森古柏罩高坡，裂石冲天劲节多。
笑唤雷霆勤伴奏，千秋共唱大风歌。

二〇〇一年五月

# 雁门关

九塞尊魁首，雄关草木稠。

长城横岭脊，古堡耸山头。

汉将墓痕布，唐诗墨迹留。

狼烟消散处，日丽好春游。

二〇〇一年五月

# 为人民服务

五一劳动节，路经北京新华门，见门内照壁上"为人民服务"五个大字鲜艳夺目，心中顿觉热呼呼，身上增添无穷力量。

为人民服务，正大光明路。

市场经济中，宗旨牢牢树。

为人民服务，切记大多数。

多数是工农，国家顶梁柱。

为人民服务，不忘贫困户。

社会主义好，先富带后富。

为人民服务，包括私营户。

照章纳税荣，理当受保护。

为人民服务，双目向下顾。

基层有困难，最需多帮助。

为人民服务，心思须专注。

公仆侍主人，事事落实处。

为人民服务，警示众干部。

见钱莫眼红，时时扫迷雾。

二〇〇一年五月

## 致王成纲

寒窗陋室岂蹉跎，无暇经营安乐窝。

淡泊功名心踏实，轻闲利禄气平和。

主编十载痴情富，广待千人挚友多。

自重自尊兼自爱，春风古道任吟哦。

二〇〇一年五月

## 抒　怀

一生步步奋登坡，履迹深深筋骨磨。

每遇风云驱瘴雾，曾经江海泳清波。

读书不少精通少，理事虽多疵吝多。

日日省身防懈怠，心怀正道谱新歌。

二〇〇一年五月

## 杭州虎跑泉品茗

游罢西湖日已斜，名泉小憩赏金霞。
一壶纯净源头水，数盏清明龙井茶。

二〇〇一年五月

## 谒杭州岳飞墓 (二首其二)

报国精英常屈死，千秋冤案罪归谁？
东窗奸佞虽长跪，殿上元凶首未垂！

二〇〇一年五月

## 题杭州胡雪岩故居

当年不过小徒工，转眼跻身大富翁。
一旦官商结一体，发财恰似发山洪。

二〇〇一年五月

## 访绍兴兰亭

茂林修竹郁葱茏，曲水流觞古韵浓。
摹仿石碑随处见，右军真迹去无踪。

二〇〇一年五月

# 天台览胜（三首）

## 石梁飞瀑

日煦风和岚霭轻，重重碧树鸟闲鸣。
石桥横架凌空险，银瀑竖湍冲地惊。
峡谷轰隆雷贯耳，深潭激越雾迷睛。
畅怀吟咏富诗意，不负名山神秀情。

## 云锦杜鹃

朵朵红云映日光，株株连片溢芳香。
绵延百亩花繁茂，挺立千年干韧强。
有志寒坡迎雪雨，无心温室避风霜。
不求浇灌自生色，妆点山川春意昂。

## 珍稀隋梅

雄健龙姿将客迎，亭亭如盖见峥嵘。
人间动乱惨遭劫，世上安宁幸获生。
古树逢春花更艳，旱枝遇雨果尤盈。
千秋阅尽沧桑史，甚慰今朝四海平。

二〇〇一年五月

# 欣访井冈山（三首）

## （一）

早起整行装，欣然上井冈。
山峦铺碧翠，河水淌清凉。
革命景观密，游瞻队伍长。
人人怀敬意，处处沐朝阳。

## （二）

瞻仰黄洋界，置身艰险中。
危崖悬哨口，陋屋御寒风。
孤旅抵顽敌，同心扼要冲。
英雄捐碧血，阵地大旗红。

## （三）

登上井冈顶，心潮涌满腔。
神州蒙黑幕，先烈豁天窗。
星火燎原旺，群魔俯首降。
源头飞瀑激，九脉汇长江。

二○○一年五月

## 登滕王阁

市静树丛碧，江流玉带飘。
北来昂首雁，欢唱彻云霄。

二〇〇一年五月

## 车　祸

二〇〇一年六月十一日，乘中巴从太原出差到大同。车过坡陡弯多的宁武山路时平安无事，刚进平坦的朔州地界就突发追尾，一下撞坏两辆车。抬眼看，不远处又有一辆货车四轮朝了天。当地人讲这一平直路段是"事故多发区"。由此感赋。

陡坡无险象，大道祸环生。
不患艰难阻，当防懈怠萌。

二〇〇一年六月

## 生命之源歌

地球众生命，全赖有水依。
一旦水告罄，万物横祸罹。
人类多智慧，无水照样悲。
不信试试看，情景何凄凄。
空中没有水，不再雨霏霏。

地表没有水，干湖干河溪。
地下没有水，泉井封污泥。
处处荒漠盖，遍地沙尘欺。
电厂断供水，电机无作为。
电信陷瘫痪，电器失光辉。
车船断供水，外出步难移。
商品压仓库，购销两分离。
植物无水济，根枯枝叶萎。
粮棉油果菜，统统一风吹。
动物无水饮，如同木乃伊，
香醇肉蛋奶，哪来充人饥！
煮饭离开水，难为无水炊。
取暖离开水，锅炉冷兮兮。
看病离开水，输液瓶空垂。
穿戴离开水，白衫成黑衣。
无水可洗澡，浑身结泥皮。
无水洗手脸，面目俱全非。
七天无食进，人命将垂危。
三天无水喝，大脑停思维。
粗略作设想，足见水神奇。
联系现实看，水成大课题。
全球淡水状，偏少现端倪。
我国人均量，远比世界低。
需求日增长，供给呈低迷。
水资源紧缺，多处如燃眉。
不少农家田，旱灾年复年。

届时难下种，种后苗不全。

山庄窝铺上，人畜吃水艰。

不少城市里，为水受熬煎。

超采成漏斗，地陷房基偏。

供应限钟点，队排龙头前。

清水在萎缩，脏水在漫延。

排出工矿外，侵犯河川间。

鱼类遭噩运，庄稼叶变颜。

食用污染物，人体受牵连。

发展需后继，水源乃必备。

生活达小康，洁水尤宝贵。

防范水危机，不可当儿戏。

欣喜看当前，行动渐到位。

国家颁法规，单位签协议。

价格调供求，奖惩作激励。

管理在加强，治污趋严厉。

厉行节约荣，用水反浪费。

愿我亿万国民，人人深明大义。

胸怀中华振兴，高瞻长远之计。

爱水如爱命根，节水蔚成风气。

誓教无尽清流，永润每寸土地。

二〇〇一年六月

# 云冈石窟

浏览琳琅珍宝宫，入迷生动史廊中。
长街卖艺溢民俗，圆壁雕花映社风。
仙女飞天姿态美，金身造像表情丰。
馨香人类文明果，引得全球慕大同。

二〇〇一年六月

# 北岳恒山

险峻雄奇集大成，高低远近景纷呈。
逶迤山路长龙舞，呼啸松涛大海鸣。
碧瓦红墙崖壁挂，浓云淡雾脚边生。
迎风挥汗登阶上，佳境全凭奋力争。

二〇〇一年六月

# 再登悬空寺

仰望凌空险，登临天地宽。
畅怀容北岳，闲步白云端。

二〇〇一年六月

# 应县木塔

百尺莲开映碧天，雄居塞外近千年。
风吹沙打巍然固，地震水冲依旧坚。
间架谨严工艺巧，造型宏伟构思鲜。
终因岁久伤筋骨，忍痛待医难入眠。

二○○一年六月

# 武乡王家峪朱德手植杨树

巍巍一白杨，浓荫好乘凉。
朱总何曾去，红心留太行。

二○○一年六月

# 武乡砖壁彭德怀手植榆树

苗木蔚成材，榆钱满院开。
馨香萦肺腑，彭总几时回？

二○○一年六月

# 徐向前故居

开国元勋孺子牛，寻常小院祖先留。
西边不远比阎宅，简陋豪华见劣优。

二〇〇一年七月

# 采桑子十一五台山抒怀（九首）

## 古建宝库

重重庙宇沿山布，白塔生威，铜殿争
辉，博大精深游客迷。　　佛光寺接南禅寺，
彩塑珍稀，壁画神奇，木构庄严千载巍。

## 佛教圣地

稳居四大佛山首，经史名垂，辈出名
师，佛事频频依佛规。　　木鱼声脆香缭绕，
僧侣同祈，居士同随，背困腰酸心不疲，

## 清凉胜境

悠然播洒毛毛雨，坡也苍茫，沟也苍茫，雨后群山披翠装。　　伏天日落单衣薄，身也清凉，心也清凉，不虑蚊虫扰梦乡。

## 台顶奇景

东方渐白星悄隐，金日腾空，云海通红，峡谷幽深岚气蒙。　　高台景象多奇变，草密花浓，骤起寒风，瞬度春秋与夏冬。

## 云雨林海

云来即雨如神助，无尽甘霖，偏爱山阴，洒洒洋洋落密林。　　树丛涉趣逶迤上，靓丽飞禽，宛转轻吟，脚下绵柔拔步沉。

## 天然牧场

绵延起伏边何在？细雨霏霏，嫩草萋萋，迎面悠悠云雾飞。　　牛羊骡马成群牧，瘦畜能肥，病畜能医，身在天堂乐忘归。

## 无尽源泉

滹沱河贯忻州右，两岸繁荣，五谷丰盈，全赖长流滋润情。　　滹沱河绕台山左，山上溪泾，一路相迎，多谢源头林草青。

## 革命老区

著名抗日根据地，总部曾居，并立双区，引白求恩万里趋。　　从延安到平山县，领袖长驱，路过停车，指点乾坤兴有余。

## 名优特产

林稠草密台蘑胖，入膳垂涎，益寿延年，名冠山珍胜海鲜。　　精雕台砚澄泥砚，质地纯坚，手感柔绵，流水行云纹路旋。

二〇〇一年七月

# 管涔山纪游（五首）

## 管涔森林

笔挺松杉碧落摩，漫山起伏涌青波。
天蓝云白沙尘绝，气爽风清溪瀑多。
北育桑干连大海，南培汾水接长河。
文明三晋发源地，生态堪吟完美歌。

## 马仑草原

密林环绕白云过，一派苍茫锦绣坡。
细雨绵绵滋润足，清溪缓缓曲弯多。
花枝招展蝶争舞，树叶婆娑鸟竞歌。
俯首黄牛亲绿草，腾蹄棕马戏青骡。

## 芦芽滴翠

芦芽仰望嫩晶莹，登顶眼开魂魄惊。
危石夹松频挡道，冷风掺雾骤迷睛。
甘霖偏向茂林洒，秀水专朝密草行。
惟憾相机非广角，终难尽摄万千情。

### 汾源探幽

驱车北上雨濛濛，喜见汾源出树丛。
泉涌平潭龙吐玉，浪冲峡谷虎生风。
品尝甘冽肝脾沁，呼吸新鲜肺腑通。
活水滔滔流不尽，高山大壑绿绒绒。

### 天池碧涛

登上两千米，天池收眼底。
薄云湖面游，群鸟芦丛起。
风大浪推舟，日高光耀水。
沧桑多变迁，斯景永奇伟。

## 西江月·万年冰洞

洞外红花绿草，洞中雪地冰天。悠
悠经历万千年，举世奇观罕见。　　阴面
寒流刺骨，阳坡地火飘烟。同山共处一根
连，冷热相亲互恋！

二〇〇一年七月

# 致钟家佐

书风洒脱走蛇龙，诗品清新情感浓。
遍览山川胸臆阔，饱经风雪挺苍松。

二〇〇一年八月

# 致张福有

诗理精通律绝优，刀工笔力任刚柔。
相机一部常相伴，大好河山眼底收。

二〇〇一年八月

# 无　题

撇捺向心立，相扶情笃真。
不争长与短，合力写完人。

二〇〇一年八月

# 峨眉山

穿行林海望云海，进得云来入雾中。
淡扫娥眉羞外露，新娘粉面薄纱蒙。

二〇〇一年八月

## 九寨沟 (三首其三)

叠叠层层玉练垂，争高斗阔比雄奇。
前方虎跃龙腾过，后面风驰电掣追。
雷吼谷鸣山作应，浪飞珠溅雾相随。
登临瀑顶滩头望，夕照波光七彩披。

二〇〇一年八月

## 武侯祠

君臣排位分前后，一处景观称两词。
门匾明题昭烈庙，民间直谓武侯祠。
高低终赖德才辨，轻重岂缘权位移。
蜀相英名超蜀主，人心所向口皆碑。

二〇〇一年八月

## 相见欢·登成都望江楼

雨中健步崇楼，洗烦愁。翠竹葱茏
争绣锦江秋。　　草堂影，古祠顶，眼中
收。能不缅怀工部武乡侯！

二〇〇一年八月

# 庞泉沟

松林起伏引人迷，造化天成门类齐，
七彩山花镶密草，一帘银瀑接湍溪。
金雕藐视金钱豹，褐鹳流连褐马鸡。
品味长长生物链，环环巧扣见端倪。

二〇〇一年十月

# 北武当山

怪石悬空岌岌危，沿崖举步踏天梯。
苍松迎我青云外，俯瞰西山落日低。

二〇〇一年十月

# 娘子关瀑布 （二首其一）

丛林覆大山，飞瀑映雄关。
谷狭清流急，花禽洗羽闲。

二〇〇一年十月

# 霍州州署大堂

宽阔堂檐金匾题，四根门柱列东西。
无名工匠留宏构，显贵州官化腐泥。

二〇〇一年十月

# 解州关帝庙（二首）

## （一）

翠柏蒸霞蔚，高堂溢古淳。
忠心连义胆，勇气映仁身。
功绩大名鼎，中华美德珍。
干戈成玉帛，武圣作财神。

## （二）

刀马一生伴，临终气宇昂。
头颅抛洛邑，热血洒当阳。
梦寐萦华夏，英魂归故乡。
层楼重秉烛，月下品书香。

二〇〇一年十月

## 永济普救寺

深院梨花映月光，娇羞闺秀待西厢。
若非情至牵心处，文雅书生敢跳墙？

二〇〇一年十月

## 永济五老峰

西媲华山险，南齐嵩岳雄。
黄河盘脚底，玉柱拄苍穹。

二〇〇一年十月

## 万荣飞云楼

四顾山川绿，凭栏风拂衣。
狼烟形影散，日艳彩云飞。

二〇〇一年十月

## 再瞻黄河铁牛

出土当初闪亮光，十年遍体锈堪伤。
古人绝技果真绝？眼下何由无妙方！

二〇〇一年十月

## 司空图故里

古贤归隐处，胜景诱观瞻。
峰耸传神话，瀑宽垂玉帘。
清湖游白鸭，碧草跳金蟾。
二十四诗品，尽融山水恬。

二〇〇一年十月

## 中　秋

月在几丝云际翔，园林树隙漏青光。
柳梢风弱秋声静，湖畔波微灯影长。
玉兔蟾宫偎桂荫，恋人石径品花香。
又逢佳节无眠夜，隔峡同胞尽望乡。

二〇〇一年十月

## 元好问野史亭

古亭镶墨宝，陵寝柏茏葱。
世乱忧民苦，金亡怀国忠。
心头悲愤涌，笔底激情冲。
入木杜工部，切肤陆放翁。

二〇〇一年十一月

# 游绵山怀介子推

历尽流亡苦，风霜十九秋。
舍身趋国难，割股解君忧。
禄至悄然去，功成无所求。
火烧心不惧，高枕大山休。

二〇〇一年十一月

# 诗人画家王维

渊明欣再世，道子喜相磋。
诗乃田园画，画犹山水歌。
平和忧虑少，恬淡逸情多。
异地登高日，心飞故里坡。

二〇〇一年十一月

# 沁河李寨湾

激浪奔腾誓闯关，来回曲绕几成环。
任它叠嶂重重阻，百突千冲总出山。

二〇〇一年十一月

# 游唐槐园怀狄仁杰

堂堂名宰相，耿耿一忠臣。
执法秉公正，荐才谙伪真。
拯民甘蹈火，除霸愿烧身。
故里槐犹壮，婆娑荫后人。

二〇〇一年十二月

# 抗日将领续范亭

为国为民族，衷情江海漫。
托诗明志壮，剖腹见心丹。
痛斥投降耻，长驱抗战欢。
笑眠根据地，圆梦向延安。

二〇〇一年十二月

# 左权将军殉难处

以身报国血鲜红，洒向高坡射碧空。
雾散烟消霞胜火，漫山松柏郁葱葱。

二〇〇一年十二月

# 舜都蒲坂

蒲坂都墟谒舜王，农家做客话沧桑。
品尝陈酿味醇厚，指点山河映夕阳。

二〇〇二年一月

# 维新志士杨深秀

三晋多奇士，杨君意气豪。
眼中民族贵，心底国家高。
慷慨呈宏论，从容对大牢。
凛然捐热血，自信化洪涛。

二〇〇二年一月

# 平遥双林寺

彩塑上千尊，多姿各有神。
耳犹闻笑语，孰谓俱泥人！

二〇〇二年二月

## 书画家米芾

风云漫卷势颠狂，江水奔腾柔蕴刚。
书画需承尤需创，名家名在出新章。

二○○二年二月

## 李林烈士陵园

归侨大学生，抗日女精英。
跨马率骑士，挥刀冲敌营。
捐躯恒岳恸，淌血古原惊。
短暂年华逝，陵园草木荣。

二○○二年二月

## 长平古战场

醉心纸上谈兵术，身困沙场始觉羞。
四十万人坑白骨，书生博得恶名留。

二○○二年二月

# 藏山（二首）

## （一）

藏孤救赵勇而仁，隐姓埋名十五春。
舍子断根魂永驻，殿堂千载塑金身。

## （二）

赵氏忠门免尽诛，多亏义士竭诚扶。
世人争献爱心日，天下孤儿不再孤。

二〇〇二年二月

## 阳泉狮脑山百团大战纪念碑

耸立丰碑插碧天，诗情画意代硝烟。
山头阵地苍松覆，岭底弹坑楼厦填。

二〇〇二年三月

## 晋城青莲寺"子抱母"柏

老柏垂危小柏哀，贴身母体总相陪。
人间逆子知多少，草木面前无愧哉？

二〇〇二年三月

# 赵树理故里

作家故里是农家，黄土高坡黄土娃。
魂系乡村鱼得水，情钟父老笔生花。
有才板话众人爱，二黑结婚谁不夸！
民族新风开一代，泥巴育出大奇葩。

二〇〇二年三月

# 回乡探母

见我归家顿有神，未言热泪已沾唇。
本来病痛确非浅，只道康宁岂是真！
酿枣密封盛罐满，供儿尽享溢盘醇。
可怜耄耋残年母，待子终如待哺人。

二〇〇二年四月

# 直笔史官董狐

墨是墨来朱是朱，坦言直笔不含糊。
为官效苇随风倒，身后无颜见董狐。

二〇〇二年四月

# 应县大蒜

紫皮白肉嫩油光，甜脆清香辣味长。
巧手梳成花大瓣，旅游偏爱下南洋。

二〇〇二年四月

# 墨尔本企鹅归巢

搏浪黄昏后，登滩列队回。
妻儿门口待，相见抱成堆。

二〇〇二年六月

# 新西兰天然公园

古木青藤原始生，高低错落自天成。
鱼虾戏水无人钓，鸥鹭欢歌结伴行。

二〇〇二年六月

# 陇上行（五首）

## 兰州黄河铁桥

天下黄河第一桥，连通两岸百年遥。
逾期服役心无怨，载誉缘于载重超。

## 戈壁滩

石如鹅卵广绵延，四顾茫茫地接天。
海市蜃楼遥隐现，车行百里少人烟。

## 左公柳

疆土岂容沙漠吞，广栽苗木扎深根。
万千荫路双排柳，护送春风度玉门。

【注】

清代名将左宗棠任陕甘总督时，曾命自泾州（今甘肃省泾川县）至玉门（今甘肃省玉门市）沿途植柳，连绵千里，人称"左公柳"。该柳今仍茂盛，乃戈壁滩一道风景线。

## 敦煌鸣沙山

线条柔美细沙鸣，引得游人爬不停。
白昼漫山留足印，风梳一夜复原形。

## 敦煌月牙泉

松软沙山四面围，古湖无恙宝鱼肥。
清风亦爱清泉美，专拂流沙向上飞。

二〇〇二年八月

## 横穿准噶尔盆地

炎炎烈日烤沙滩，直路连天无尽端。
野马黄羊塘畔饮，采油机具点头欢。

二〇〇二年八月

## 跨越天山

暑天恃勇上天山，涉险迂回十八弯。
大气奇寒风肆虐，小花忒矮色斑斓。
阳坡烈日灼肤暖，阴岭坚冰嵌壁顽。
南下河川青满目，草丰林茂水潺潺。

二〇〇二年八月

## 游临猗石榴园

枝柔叶绿石榴红，笑对村姑面颊丰。
此处金秋分外艳，田畴满树挂灯笼。

二〇〇二年九月

## 登华山

叠翠层峦水墨图，云中玉柱矗天都。
迂回陡峭阶梯挂，欲上峰巅无坦途。

二〇〇二年九月

## 捣练子·灵空山

弯径陡，密林青，细雨迷蒙洒不停。
幽谷鸟鸣添寂静，灵空山里悟空灵。

二〇〇二年九月

## 题刘清泉古稀树木摄影展

朝暮风尘暑复寒，快门一按忘三餐。
古稀人恋古稀树，白首惟求绿不残。

二〇〇二年十月

## 夜读 (七首其七)

一盏台灯桌一张，每逢周末醉书房。
陶然未觉天将曙，错认晨光是月光。

二〇〇二年十一月

## 柴米油盐 (六首其一)

柴米油盐酱醋茶，当年难得睹鱼虾。
而今惯见横行者，闯入寻常百姓家。

二〇〇二年十二月

## 除　夕

饺馅喷香酒暖怀，莹屏精彩戏连台。
忽闻爆竹鸣天外，原是春姑正点来。

二〇〇三年一月

## 夜　思

一生转瞬去匆匆，恰似流星过碧空。
星过碧空犹闪亮，我于脚下可留踪？

二〇〇三年一月

# 生查子·忆旧

儿时胃口佳，怎奈馒头少。渴望度丰年，大肚能填饱。　　如今尽美餐，怎奈身先老。幻想返童年，重把坚牙找。

二〇〇三年一月

# 牛

自古耕田手，而今产奶王。
一生惟奉献，名利不思量。

二〇〇三年二月

# 思　乡

展转奔波千里行，初衷不改是乡情。
城中杨柳返青日，梦里重闻布谷鸣。

二〇〇三年三月

# 还　乡

重回故里正街窄，追忆当年小巷长。
邻友童颜成白发，燕儿依旧筑巢忙。

二〇〇三年三月

# 忆童年（十三首）

## 熬寒夜

烧炕无煤草作柴，新刨土豆火灰埋。
朔风窗外狂呼啸，我自温馨偎母怀。

## 捡石笔

七岁无缘入校门，隔墙听读也勾魂。
笔头纸片细心捡，垃圾堆犹聚宝盆。

## 摘鲜枣

盼来秋熟好开心，尤爱北坡红枣林。
结伴解馋偷上树，酸甜香脆露沾襟。

## 刨废铁

约友炮楼残迹窥，翻寻弹片不知危。
突然引爆一雷炸，侥幸轻伤小片皮。

## 学种瓜

开春随父种南瓜，不慎锄锋脚面划。
止血全凭黄土掩，至今脱袜见红疤。

## 游卦山

乡俗端阳游卦山，一条石道柏林穿。
人流向上溪流下，自带干粮渴饮泉。

## 遇洪水

入夏荒丘挖苦菜，山洪暴发陷重围。
乡亲先后闻风至，涉险奋身营救归。

## 赶庙会

眼花缭乱货无边，熟食摊头步不前。
油呛灌肠盛一碗，老来回味尚垂涎。

## 捕野鸽

雪地撒粮埋暗网，引来野鸽欲充饥。
腿遭圈套苦挣扎，恻隐萌心又放飞。

## 过大年

过年有盼也生愁，乐放烟花怕剃头。
发长刀钝钻心痛，指敷伤口血粘稠。

## 寻春意

补补缝缝多少回，总难抵挡冷风摧。
立春时节寻春意，袄絮棉花先绽开。

## 度饥荒

姐妹弟兄围灶台，锅中无米水空开。
妈妈不禁泪花涌，外出借粮爹未回。

## 出远门

投亲夜搭马车行，刺骨寒风凄厉鸣。
百里路途犹万里，祈求日出早天明。

二〇〇三年三月

## 风筝 （二首其二）

总笑纸鸢身可怜，凭人手里线来牵。
试将长索悬空挂，谁可攀援上九天？

二〇〇三年三月

# 游五台山古寺群（十二首）

## 序　曲

台山多胜迹，寺庙誉全球。
择要开怀咏，不虚三度游。

## 南禅寺

挺立越千年，依然筋骨坚。
欲瞻唐盛况，须拜此前贤。

## 佛光寺

庄严身伟岸，高寿比南禅。
壁画围群塑，似闻嬉笑传。

## 塔院寺

风中铃细语，云底塔徐移。
宝殿幽香漫，柔光红烛维。

## 显通寺

宽阔院连院，巨构比威仪。
铜殿无梁殿，奇中更有奇。

## 菩萨顶

登上摩云顶，回眸总动心。
红墙镶碧瓦，白塔矗青林。

## 黛螺顶

高耸接云端，游人避暑欢。
冬来风刺骨，独立抗严寒。

## 南山寺

错落沿山建，四周林海围。
清凉清静地，驻足不思归。

## 龙泉寺

危峰云雾绕，清水溢泉奔。
忽见群龙舞，方知到寺门。

## 金阁寺

日耀高天近，沟深岚不开。
倚松风拂袖，放眼见南台。

## 广济茅蓬

青山涵绿水，古刹映朝霞。
诚待十方客，游僧居佛家。

## 五爷庙

听说五爷灵，有人心态异。
来祈名位权，谁料俱无戏。

二〇〇三年四月

## 山村夜

星星瞧我我瞧星，花草隐身尤觉馨。
静坐溪边听浪语，乾坤心底两空灵。

二〇〇三年四月

## 采桑子·春耕

娇柔林木穿花袄，丽日和风，梨白桃红，淡雅斑斓衬艳浓。　　山庄内外馨香浸，青壮争锋，老少帮工，欢满田畴室尽空。

二○○三年四月

## 加盟诗词学会感赋

人老心难老，下台重上台。
为民呼与鼓，不亦乐乎哉！

二○○三年四月

## 如梦令·抗非典 (四首其二)

直面隐形飞弹，甘冒身躯罹难。圣洁白衣穿，无畏无私无怨。无怨，无怨，救死扶伤堪赞。

二○○三年五月

# 一剪梅·敬和俞樾并赠张福有（四首）

张福有曾任吉林省委副秘书长，现领军吉林省文联。我同他交往多年，素知其德才兼备，尤善诗词。一天，福有在一位临终前的中学李老师处，偶读到手抄一剪梅三首，甚为惊喜，但不知何人所作。按词原意，似应有第四首，更不知流落何处。为此，福有用了五年功夫，几经曲折，终于找到了四首完整原词，弄清了作者系红学家俞平伯的曾祖、清代朴学大师俞樾。福有将这段文坛佳话函告我，并寄来俞词及他的和词各四首。福有的执着追求深深打动了我，俞词及他的和词深深感染了我。兴奋之际，我也放开胆量，续貂四首，回赠福有君，巧合梅花三弄。

## （一）

原是同仁共管弦，汾水河边，长白山前。谦诚笃信内涵妍，口避喧喧，神自翩翩。　　俯首耕耘多少年，无意趋筵，不待扬鞭。心轻名利乐怡然，甚厌尘烟，偏爱诗仙。

## （二）

三度欣君莅晋阳，畅叙南窗，酣倚东墙。解囊任我览周详，佳构生香，警句生光。　　兴至开怀偶举觞，何费思量，出口成章。歌吟摄影满厅忙，闲了秋娘，累了书郎。

## （三）

乍读清词耳暂明，悠似箫笙，雅似琴筝。何人肺腑诉珑玲？广叩门屏，勤拜窗棂。　　踏破铁鞋魂梦醒，终会都京，终驭完轾。九泉情动老先生，热泪盈盈，白发星星。

## （四）

次韵恭和岂自夸，细理繁麻，怒放心花。拾遗补阙计非差，有赖方家，无负云霞。　　正本清源源本赊，天际参娲，海域浮槎。磨光积垢赏琵琶，识遍精华，研遍楞伽。

二〇〇三年五月

# 附一：俞樾一剪梅

## （一）

记得春游逐管弦，红版桥边，白版门前。闲花野草为谁妍？蜂也喧喧，蝶也翩翩。　风月何尝负少年？花底歌筵，柳外吟鞭。而今回首总凄然，旧事如烟，旧梦如仙。

## （二）

一抹胭脂艳夕阳，品字儿窗，卐字儿墙。个中光景费端详，清是花香，浓是花光。　无计能消酒一觞，燕与商量，莺与平章。五张六角逐年忙，老了秋娘，病了萧郎。

## （三）

何处红楼夜月明，楼上吹笙，楼下弹筝。绮窗珠箔最珑玲，人倚银屏，花映雕棂。　容易游仙容易醒，梦断瑶京，盼断云軿。青衫灯下百愁生，红泪盈盈，绿鬓星星。

## （四）

误入仙源亦足夸，饱吃胡麻，饱看桃花。刘郎一去计原差，抛了仙家，负了烟霞。　　青鸟沉沉信转赊，天上灵娲，海外仙槎。莫将忧怨托琵琶，一卷南华，一部楞伽。

# 附二：张福有一剪梅

## （一）

片纸强留托管弦，画阁廊边，病榻窗前。梅花三弄墨花妍，神隔喧喧，魂已翩翩。　　大海捞针若许年，无意歌筵，无负吟鞭。李公闻此定欣然，携卷凌烟，携酒追仙。

## （二）

寻觅终生近海阳，西域开窗，北国移墙。联章四首备周详，世代书香，世代荣光。　　春在堂前敬一觞，未枉商量，未枉评章。养根斋里简中忙，苦了娇娘，乐了书郎。

## （三）

一上书楼倦眼明，键下鸣笙，架底藏筝。珠联璧合现珑玲，情寄音屏，喜出车棂。　　雅事悠悠韵梦醒，盛会华京，同庆金銙。歌莺逗燕笑浮生，怀也盈盈，雪也星星。

## （四）

貂续吟微不足夸，韵别尤麻，语隐桃花。而今庆幸道无差，唤起诗家，浮起云霞。　　踏雪归来词账赊，垒石供娲，循瀑乘槎。聊凭学问说琵琶，历尽天华，历览楞伽。

# 访　友

葡萄月季郁葱葱，小院清香绿映红。
彩蝶悠然飞左右，主人扶杖出花丛。

二○○三年六月

# 枣　花

身微不上名花榜，乐伴工蜂采蜜忙。
待到秋来红灿烂，缀枝脆枣压群芳。

二〇〇三年六月

# 夜宿某市

打牌风气遍全城，旅馆包间应运生。
午夜梦惊雷贯耳，隔墙传过骂娘声。

二〇〇三年六月

# 再赋回乡探母

家电频频告病危，赶回又见笑嘻嘻。
忧伤常使疾乘隙，愉悦每教身显奇。
年暮不祈神佑寿，梦中但盼子归期。
有朝一日赋闲后，伺奉床头不再离。

二〇〇三年六月

# 山中雨后

雨过草垂露，云开水满溪。
青山新浴罢，头上耀虹霓。

二〇〇三年七月

## 学诗遐想（四首）

### （一）

学诗如掘井，深处见甘泉。
肤浅因浮躁，手低休怨天。

### （二）

作诗先做人，忌假贵纯真。
苦练德才长，笔端方有神。

### （三）

国破沉吟多洒泪，民安畅咏少烦忧。
抒情悲喜因人异，大舰行江踞主流。

## （四）

格律诗须遵格律，乱标声韵近荒唐。
与其平脚跳芭蕾，改扭秧歌更恰当。

二〇〇三年八月

## 灭  蝗

遮天蔽日乍生狂，漫扫田园叶尽光。
心狠嘴馋繁衍快，务歼更要早提防。

二〇〇三年八月

## 就餐农家

豆腐粉条酸辣汤，鲜蔬下酒果添香。
蛙鸣溪畔鸟鸣树，边饮边聊边纳凉。

二〇〇三年八月

# 垂钓（二首）

## （一）

不钓金钱不钓名，人生岂可钓虚荣。

一竿横架乾坤净，细雨无声心自平。

## （二）

明知饵内暗钩藏，偏有游鳞总恋香。

世上几多馋嘴吏，肯于池畔小思量？

二〇〇三年八月

# 吉林掠影（三首）

## 登长白山

驾雾腾云走，新秋岭乍凉。

一池连两国，万树孕三江。

高瀑垂银练，温泉注碧塘。

钟灵山染绿，造化水流长。

## 长白山天池

高坐白山顶，深藏蓝釜中。
岸周尖齿列，池面薄纱蒙。
但见水流出，不闻源补充。
非凡奇特景，万载自然功。

## 长白山瀑布

峰回路转间，玉女下高天。
体态线条美，神情风韵妍。
舒肢生细雨，舞步踏轻烟。
游客皆瞠目，莫非空降仙？

二〇〇三年八月

# 潇湘行（五首）

## 访浏阳市

一支名曲九州唱，万束烟花四海开。
浏水汤汤流不绝，长萦今古众英才。

## 谒谭嗣同故居

大院古香秋菊珍，曾居慷慨笑天人。
诗留狱壁呕肝胆，血溅长街泣鬼神。

## 谒胡耀邦故居

生自农家土木房，鞠躬尽瘁为民忙。
四围山色明如画，木翠溪清稻正黄。

## 访文家市

清秋欣访文家市，正是当年起义时。
将士捐躯遗像在，弹痕隐处绿荫知。

## 张家界

崚嶒石柱竞穿空，百态千姿鬼斧工。
更有青松怀绝技，危峰顶上抖威风。

二〇〇三年九月

# 访晋城大张村

两个文明集大张，一双泥手创天堂。
花衣花蝶戏花草，小院小楼过小康。

二〇〇三年十月

# 赠李旦初

执教一生桃李芳，老来何事使君忙？
钓鱼豪饮频陶醉，陶醉诗香胜酒香。

二〇〇三年十月

# 赠王东满

诗歌小说大文章，书法微机两手忙。
淡泊功名钻学问，有才无冕秀才王。

二〇〇三年十月

# 游新三峡（四首）

## 夜过船闸

大坝拦江矗九霄，巨轮鱼贯入平槽。
天明梦醒出舱看，船体腾升百米高。

## 屈原惊变

诗人惯看西陵险，外出路途多恶滩。

忽见坝成春水涨，楼船平稳往来欢。

## 昭君归省

婷婷美女别香溪，千里迢迢作贵妃。

颠沛飘摇乘筏去，省亲喜搭巨轮归。

【注】

　　王昭君故里在长江支流香溪畔。三峡蓄水后，香溪水涨，轮船可达。

## 神女情思

迎罢朝阳恋夕阳，奈何入夜独凄凉。

如今高坝来陪伴，灯火通明喜欲狂。

二〇〇三年十月

# 漂流神农溪（二首）

## 上　行

撑篙舵手立船头，闪过暗礁迎激流。

弓背纤夫沿岸上，绳随号子颤悠悠。

## 下　行

撑篙舵手立船头，如箭离弦逐激流。

怪石嶙峋交臂过，艺高胆大乐悠悠。

二〇〇三年十月

## 醉翁亭

琅琊山上木葱茏，如织游人访醉翁。

酒未醉君君自醉，与民同乐乐无穷。

二〇〇三年十月

## 燕子矶

登上悬崖石，全身矗半空。

两桥排左右，百舸走西东。

历代留名句，今人唱大风。

清秋宜放眼，夕照满江红。

二〇〇三年十月

# 游明孝陵

皇宫住罢住皇坟，死后依然享至尊。
巨石采来千万块，黎民肋断几多根？

二〇〇三年十月

# 南京天王府怀古

自古偏安无久宁，金陵屡破六朝倾。
带伤恶虎眈眈视，天国缘何夸太平？

二〇〇三年十月

# 虞美人·访丁芒

房间大部由书占，白昼灯驱暗。
装修简陋墨香浓，巨著等身犹在领新
风。　　友多体健家和睦，自谓高龄福。
别时一语为君留，扶稳栏杆上下五层楼。

二〇〇三年十月

## 贺唐槐诗社成立

喜看诗社结汾东，艺苑平添雅韵丰。

莫笑骚人多皓首，唐槐老树识唐风。

二〇〇三年十一月

## 感　怀

退位尚围三事忙，读书会友赋诗章。

眼昏借助老花镜，腰困留连硬板床。

棉袜布鞋宜散步，南瓜小米易穿肠。

心犹蹦跳血犹涌，余热安能不发光？

二〇〇三年十二月

## 春　联

洒扫门庭过大年，家家户户贴春联。

成双成对齐排列，亿万心声奏管弦。

二〇〇四年一月

## 鞭　炮

隆隆迸发热和光，直逼残寒无处藏。

做个迎春开道者，粉身碎骨又何妨！

二〇〇四年一月

# 年夜饭

堂堂主食退居副，满桌鲜蔬扬绿威。
端上猪羊鱼鸭肉，人人拣瘦不挑肥。

二〇〇四年一月

# 接受慰问

昔日过年忙送温，退休我也受人尊。
觅春何必踏青去，早有兰花捧上门。

二〇〇四年一月

# 述　怀

诗书读罢又操琴，佳句华章伴五音。
老有追求无老意，常怀一颗少年心。

二〇〇四年一月

# 游孔祥熙宅园

理财高手宅园留，初试锋芒真够牛。
待到跻身行政院，捉襟见肘始知羞。

二〇〇四年一月

# 昙　花

饱蓄精华和日光，绽开满院俱生香。

冰清玉洁透鲜嫩，何以花期论短长？

二〇〇四年一月

# 我爱晋祠（六首）

## （一）

我爱晋祠泉水清，碧波荡漾玉晶莹。

万年难老源深远，一脉相承无限情。

## （二）

我爱晋祠文物精，殿台楼阁赛天庭。

千秋侍女含羞笑，周柏隋槐立翠青。

## （三）

我爱晋祠环境宁，湖光波影鸟飞鸣。

百花绽放游人醉，十里稻香飘古城。

## （四）

我爱晋祠青史长，帝尧足迹印沧桑。
叔虞开国功勋著，李氏兴兵建大唐。

## （五）

我爱晋祠传说美，寻根大姓有王张。
剪桐封弟非儿戏，治水神仙民女当。

## （六）

我爱晋祠诗意浓，直教太白恋由衷。
名家历代留佳句，更喜今朝诵大风。

二〇〇四年二月

## 澳门赌场

门如虎口口含财，手痒心馋请进来。
愈不服输输愈逼，盈眶热泪洗囊回。

二〇〇四年二月

## 赠寓真

开庭不忘国徽悬，法铸公心金石坚。
暇日吟坛倾肺腑，民情民意最缠绵。

二〇〇四年二月

## 进城务工人员

目前，不少县乡积极组织农民外出打工；城市也对农民进城务工大开绿灯，有些地方还规定农民工与城市工人享受同等待遇，可评选劳动模范。

入市打工收入多，城乡政府共鸣锣。
争将五一勋章戴，老弟欣然变大哥。

二〇〇四年二月

## 洗　澡

身体遭污勤擦洗，心灵积垢懒搓冲。
身心原本难分舍，何故亲疏不尽同？

二〇〇四年二月

# 贺唐明诗社成立

唐槐贺罢贺唐明，诗苑逢春景象荣。
不负家乡黄土厚，愿同诸友并肩耕。

二〇〇四年三月

# 贺难老诗社成立

音恋清泉韵恋波，引来诗友共吟哦。
动情侍女翩翩舞，周柏倾听忘背驼。

二〇〇四年三月

# 赠时新

专攻学问乐津津，服务同仁如侍亲。
艺苑耕耘勤不辍，百花争艳一时新。

二〇〇四年三月

# 赠戴云蒸

拳剑诗书无不能，编刊结社广交朋。
情豪志壮迸朝气，再现当年黄汉升。

二〇〇四年三月

## 赠李才旺

诗书绘画一身兼，才气堪当旺盛年。
副业勤修成正果，改行入主省文联。

二〇〇四年四月

## 赠文怀沙

寿高体健性谦和，入木三分妙语多。
不是胸中怀大海，哪来开口若悬河！

二〇〇四年四月

## 读熊东遨周燕婷合著诗词集

伉俪同窗好画眉，入时深浅总相宜。
单夸手巧非高见，心有灵犀笔自奇。

二〇〇四年四月

## 汾河公园观鱼

岸上频频笑语喧，湖无险恶钓钩悬。
鲤鱼善解游人意，结队争来舞脚边。

二〇〇四年四月

## 长相思·郊游

红花花，粉花花，桃杏争春焕彩霞。
游人笑语哗。　　风沙沙，雨沙沙，香溢
林边农户家。主人邀饮茶。

二〇〇四年四月

## 花间蜜蜂

满坡桃杏换浓妆，应聘群蜂梳理忙。
久侍花丛成粉面，人前飞过也飘香。

二〇〇四年四月

## 谒黄坡烈士陵园

群雄怀壮志，鲜血沃并州。
昔日弹坑密，今朝花卉稠。
丰碑镶碧草，翠柏映琼楼。
高处英魂笑，鸿图眼底收。

二〇〇四年四月

# 赏傅山书法

横平竖直楷端庄，隶篆缠绵草欲狂。
书苑奇葩开不败，工夫练达自流芳。

二〇〇四年五月

# 蝎

不知天地大，常在穴中爬。
自诩刺无敌，频频翘尾巴。

二〇〇四年五月

# 猴

攀枝飞跃敏追禽，头脑颇灵懒用心。
耕织盖房都不学，子孙何日出森林？

二〇〇四年五月

# 赠建筑设计师

运笔线条细，压肩楼厦高。
胸中容亿万，纸上吝厘毫。

二〇〇四年五月

# 公园小憩

花草馨香小道弯，两三鸣鸟树间穿。
倚栏静坐亭当伞，雨滴平池点化圈。

二〇〇四年六月

# 平遥古城幸存感怀

千百城垣一扫光，缘何此处固金汤？
不因风骤随风倒，无愧英名播远洋。

二〇〇四年六月

# 游绵山水涛沟

山色空蒙水湛清，涛声一路引人行。
瀑边捧饮沁脾肺，顿觉身心俱透明。

二〇〇四年六月

# 登霍山

仰望悬崖云雾包，但闻脚下水滔滔。
踏平艰险迎难上，不信峰峦比我高。

二〇〇四年六月

## 再游普救寺

莺莺入殿步轻摇，惹得众僧偷聚焦。
师傅回身怨徒弟，将头误作木鱼敲。

二〇〇四年六月

## 观木偶表演

有头有脸腹空空，打闹全凭幕后翁。
莫道舞台纯属戏，古今世事理相通。

二〇〇四年七月

## 过玉米田

密密麻麻纱帐青，干粗叶大穗初盈。
饱餐肥水开怀长，不负炎炎烈日情。

二〇〇四年七月

## 闲　情

上罢互联网，院中乘晚凉。
浇花成嗜好，两袖总沾香。

二〇〇四年七月

## 赞老陈醋

工序多多长跨年，年陈方显老来鲜。
冰封三九曝三伏，冻出酸香晒出绵。

二〇〇四年八月

## 西藏掠影（四首）

### 飞进西藏

无边云海浪重重，破浪游来一巨龙。
棱角渐明披白雪，莫非眼下是珠峰？

### 雅鲁藏布江

雪山溶下万条溪，曲折迂回路不迷。
广纳百川成浩荡，眼光向海岂为低！

### 错高湖

雪峰倒影扎深潭，湖底观天天更蓝。
鸥鹭欢歌盘水面，轻舟载客入轻岚。

# 巨柏林

踏入林间顿入迷，株株挺拔与天齐。
导游谓此乃孙辈，欲觅柏王须过溪。

【注】

巨柏林在西藏林芝县境内。最大的一株胸径4.46米，高46米，树冠投影占地一亩多，树龄2500余年，被誉为"中国柏王"。

二〇〇四年八月

# 开封清明上河园

水榭清幽古店喧，风光无限诱人观。
汴梁胜景今重现，一半功归张择端。

二〇〇四年八月

# 游云台山

顽皮绿树缀悬崖，娴静碧潭红石乖。
溪水蛇行翻白浪，游人鱼贯踏青阶。
横天几处瑶池裂，垂地数条银练排。
呼啸兜风珠玉溅，阳光和煦彩虹谐。

二〇〇四年八月

## 谷熟时节

一色金黄艳胜春，无须粉饰自迷人。
恰如少女初丰满，俯首低眉别有神。

二○○四年九月

## 临汾采风途中对句

佳节中秋连国庆，并州墨客拜唐尧。
平阳韵古诗源远，大运路长车速高。

二○○四年九月

## 参观侯马晋国博物馆

外结联盟内革新，文公霸业慑强邻。
若非内乱三分晋，一统江山未必秦。

二○○四年九月

## 秋染吕梁山

山林雨后更葱茏，近看鹅黄远火红。
日照晚霞添艳彩，绵延秋色上高空。

二○○四年十月

## 题临汾铁佛寺巨佛头

孤苦伶仃不见天，塔中狭窄受熬煎。
虽言佛主能容忍，有首无身总可怜。

二〇〇四年十月

## 撑　筏

撑筏湖心秋韵淳，晚霞波影竞传神。
岸边柳下写生者，无意先成画里人。

二〇〇四年十月

## 登福州鼓山

榕城多翠绿，尤数鼓山豪。
直上涌泉寺，松涛接海涛。

二〇〇四年十月

## 攀登武夷山天游峰

牙关紧咬汗频流，湿透衣衫不罢休。
峭壁陡坡身后甩，天游峰上信天游。

二〇〇四年十月

# 穿越武夷山一线天

大山缝隙裂深渊，百米长沟窄卡肩。
且借高空一丝亮，拾阶千步可登天。

二〇〇四年十月

# 问名酒

君之原籍是乡村，红极琼楼竟忘根。
盛宴频繁忙未了，何时抽空访寒门？

二〇〇四年十月

# 诗 情

退休未敢享清闲，熬眼劳神何所牵？
利禄功名犹草芥，万民忧乐大于天。

二〇〇四年十月

# 枫

休道寒秋悲矣哉，登高始见尽雄才。
漫山霜叶争喷火，绝胜牡丹娇嫩开。

二〇〇四年十月

## 回故乡看望诗友

绵绵不绝是乡思，常盼归期总恨迟。
今借吟坛来叙旧，真情脱口美如诗。

二○○四年十一月

## 参观吕梁高专微机室

电脑连台光线明，座无虚席静无声。
惟闻点击鼠标响，恰似春蚕食叶轻。

二○○四年十一月

## 泛舟黄河

平宽河面日光柔，顿觉全身涌暖流。
起伏波涛何所似？母亲脉搏跳无休。

二○○四年十一月

## 虞美人·离石汉画像石博物馆

千秋艺术文明馆，精品厨窗满。
星移斗转一天天，怎奈门庭冷落导游
闲。 莫非门票三元贵，也算高消费？
请君抬眼望邻居，总见豪华酒店席无虚。

二〇〇四年十一月

## 【正宫·塞鸿秋】柳林三交镇

黄河古渡春花嫩，红军东进民心振。
志丹洒血波涛怂，恩来挥臂妖魔遁。英雄
唱大风，时代谱新韵。中国红枣头一镇。

【注】

1936年春，红军东渡黄河开辟山西根据地。周恩来、刘志丹
在三交镇创建山西第一个苏维埃红色政权。后来刘志丹在三交不
幸牺牲。

二〇〇四年十一月

# 【仙吕·一半儿】秋游酒都杏花村

餐桌把盏品国优，花苑观光赏菊秋。落日催归人忘休。是何由？一半儿因花一半儿酒。

二〇〇四年十一月

# 为黄河曲社唱一曲（自由曲）

中华文化九州生辉，一片芳苑百卉争奇。诗词曲，三花粹；诗词热，已兴起。怎奈偏偏冷落了曲老弟！

北国山西，一群老醯，眼睁睁怎能服气。这儿本是散曲发祥地，出过关郑白乔大手笔。元代戏台留遗迹，咱不登台更待谁？于是乎，乘着春光明媚，凭着倔强脾气，兴冲冲首创黄河曲社园地，呼喇喇树起当代散曲大旗。

老醯此举，绝非冒昧。人常说文艺为大众，散曲是大众的文艺。忧乐悲喜，抒的是百姓情理；说笑讽讥，用的是百姓话语。篇幅长短不拘，字句多少遂意，韵脚平仄交替，音调儿诙谐俗俚。饭后茶余，端给百姓品味；街头巷尾，增添些百姓欢娱。

祝愿个中诸位，尽职齐心协力。多为
小康建设加油打气，多为好人好事伸张正
义。抨击假恶丑，弘扬真善美。吼一声霹
雳驱赶阴霾，发一分光热烘托朝晖。

二〇〇四年十一月

## 出席中华诗词学会

### 全国代表大会感赋

作物生根扎大田，骚人结社恋民间。
苗繁依赖土肥沃，诗入民心别有天。

二〇〇四年十二月

## 为杨文宪摄影作品写意（六首）

### 春播时节

下地抢墒三月天，条条塑膜作琴弦。
农家巧手勤弹奏，奏出苗青万顷田。

### 林间小憩

枫叶秋来红胜霞，层层叠叠阔无涯。
莫嫌游客不思返，难得身居大氧吧。

## 春花盛开

翠绿鹅黄映粉红，轻盈袅袅绽娇容。
常言女大十八变，成熟尤欣姿色丰。

## 栏中眺望

可怜两只栏中虎，满面忧伤心底苦。
山里有家回不成，扒杆忍泪望慈母。

## 笼内幽怨

人说天高任鸟飞，俺徒有翅铁笼羁。
生来貌美招来祸，不怨爹娘敢怨谁？

## 顽石排队

昔曾挡道今铺路，杂乱崚嶒化雅观。
尽识庐山真面目，方知顽石并非顽。

二〇〇四年十二月

# 塞北雪

千里晶莹大雪蒙，青松忽变白头翁。
小村宁静鸡鸣远，几缕炊烟上碧空。

二〇〇四年十二月

# 鲜花大棚

寒风雪野抖枯楂，棚内纷呈五彩霞。
阿妹灵犀通小伙，隔墙争育并头花。

二〇〇四年十二月

# 三赋回乡探母

艰难起坐赖人扶，望子归来秋水枯。
聊换新窗屏雨雪，还偎老炕度桑榆。
当年儿冷母怀暖，今日母衰儿影疏。
汤药多亏家妹侍，至亲有我等同无。

二〇〇五年一月

## 临江仙·情缘

倒海狂澜呼啸涌，直摧万户千门。生灵倾刻忍侵吞。爹娘丢幼子，孤女哭双亲。　　印度洋边遭不测，八方援救情真。五洲俱是本乡人。无涯天宇内，一个地球村。

二〇〇五年一月

## 浣溪沙·六十五岁感怀

转瞬桑榆六五庚，案头诸事未完成。世间短暂是人生。　　老来逢友常怀旧，病后求医总盼灵。谁能赐我再年轻？

二〇〇五年一月

## 观来福精品集团职工文艺会演

这家企业好聪明，两手齐抓一路赢。商海遨游翻巨浪，登台羞煞大歌星。

二〇〇五年一月

# 行香子·除夕放炮

焰火喷光，五彩飞扬。万家人、共奏华章。欢欣最数，膝下孙狂。竟乱抓鞭，还抓炮，更抓香。　　追思我幼，日寇嚣张。炮声中、杀戮烧房。跟随父母，连夜逃荒。恨肚儿饥，鞋儿破，道儿长。

二〇〇五年二月

# 再登绵山

屹立山头千载松，炎凉不改翠葱茏。
争官岂是国人癖，自古绵山休介公。

二〇〇五年二月

# 叹猛虎

山林生计日艰难，欲赏全凭动物园。
所幸支撑百年后，雄姿尚可画中观。

二〇〇五年二月

# 【越调·天净沙】华门灯火节

尧都尧庙尧陵，华门华表华灯，胜地
胜迹胜景。烟花飞进，倾城一片欢腾。

二〇〇五年二月

## 尧都鼓楼

端坐平阳城正中，接连街道四方通。
几多冷暖春秋日，阅尽人间黑与红。

二〇〇五年二月

## 肺腑诉

主人迷恋吸香烟，哪顾俺们多可怜。
肿胀喉头咳忍痛，发炎气管喘愁眠。
畅通血脉遭梗阻，恶变癌瘤任漫延。
问手缘何忘情义，狠心点火把身煎！

二〇〇五年三月

# 初春写生

嫩绿先将春草染，风停乍暖觉衣沉。
觅诗静坐阳台上，雏鸟叽叽效我吟。

二〇〇五年三月

# 蝶恋花·哭赵鼎新

噩耗传来摧肺裂，可恨癌魔，吸尽清贫血。初晤平阳情切切，焉知竟作长相别。　医术求精医德杰，更有诗书，连袂成双绝。无利无名心自悦，去时还葆来时洁。

二〇〇五年三月

# 初学打字贴诗山西诗词网

会员网上任奔驰，会长岂甘为白痴。
苦练拼音三昼夜，也来贴首打油诗。

二〇〇五年三月

## 题榆社文峰塔

塔尖如笔锋，饱蘸白云中。
挥洒蓝天纸，悠哉抒大风。

二〇〇五年三月

## 忆江南·黄山

黄山美，万象出天然。遮岭青松粗且
直，腾云红日大而圆。石缝涌清泉。

二〇〇五年三月

## 农大校园行

参天古树映朝阳，遍地绿茵围课堂。
花季健儿花下聚，丁香浓郁伴书香。

二〇〇五年四月

## 桃园小憩

淡粉深红嫩绿陪，蜂吟蝶舞乐乎哉。
谁将王母蟠桃树，移向人间烂漫开？

二〇〇五年四月

# 握　手

六十年来重握手，电波两岸共飞驰。
春风和煦春潮涌，正是花开遍地时。

二〇〇五年四月

# 游　园

风在树梢舞，湖平波不平。
牡丹苞怒放，翠鸟任闲鸣。

二〇〇五年四月

# 砥柱赞

挺立中流越万年，久经洗礼志弥坚。
频将暴雨狂风戏，砥砺长河浪拍天。

二〇〇五年四月

# 谢《难老泉声》网站版主时新

诗家应爱驭风云，游目骋怀千里巡。
电脑听从人脑调，与时俱进谢时新。

二〇〇五年四月

# 逢山西书画研究院剪彩

致诗友王东满院长

国粹诗书画，同胞骨肉亲。
三妮先聘富，二妞正辞贫。
大姐嫁妆寒，深闺待字辛。
开张研究院，尚记苦吟人？

二〇〇五年四月

# 春　景

田间雨后润如酥，久旱禾苗叶竞舒。
蒿草垄头休作祟，家家上阵试新锄。

二〇〇五年四月

# 劳动节（二首）

## （一）

欣逢五一可长休，城里人家去旅游。
来自农村打工仔，正宜揽活赶装修。

（二）

欣逢五一可长休，足浴舞厅生意牛。
短辫村姑初应聘，低眉红颊见人羞。

二〇〇五年五月

## 五台山金岗库晋察冀军区司令部

艰难游击八冬春，以少胜多兵将神。
三省边区连大片，五台稳坐聂荣臻。

二〇〇五年五月

## 题雪竹图（七首）

（一）

万木叶零落，百川冰雪封。
独怜山野竹，不改翠葱茏。

（二）

凛凛披青翠，亭亭戏酷寒。
琼花枝上绽，劲节雪中看。

## （三）

幽境厌嚣尘，邀来雪洁身。
无须红粉饰，青白自迷人。

## （四）

屡历朔风侵，几多冰雪顾。
浑然一色青，心底春常驻。

## （五）

新枝娇恋雪，老干壮撑天。
健体刚柔济，虬根石缝穿。

## （六）

严冬风雪间，方显翠而坚。
无欲自无畏，虚怀容大千。

## （七）

经霜犹抖擞，戴雪更精神。
铁骨凭冬练，青枝先占春。

二〇〇五年六月

# 童　音

孙女依窗正练琴，招来院落几鸣禽。
禽鸣撩得人喉痒，唱出童音胜鸟音。

二〇〇五年六月

## 与孙儿对弈

楚河汉界重兵临，对峙双方互欲擒。
激烈交锋拼智勇，老夫岂肯让童心。

二〇〇五年六月

## 退休观钓

有权未弄任逾期，无悔囊羞积蓄微。
饵食香甜钩隐蔽，池旁观钓识玄机。

二〇〇五年六月

## 寄山西九三学社杨勇在先生

直言凭勇在，健笔著文豪。
为有苍鹰志，何忧碧落高。

二〇〇五年六月

# 李教授赏花（二首）

## （一）

袅袅婷婷不染尘，任由雨露爽全身。
凝眸良久痴如醉，阔别重逢初恋人？

## （二）

眼前犹梦梦犹真，绝色红颜无限纯。
咫尺绵绵情万种，殷勤花瓣递朱唇。

二〇〇五年六月

# 夏　至

雨泼江南水漫村，旱侵北国忍高温。
是谁掀起沙尘暴，搅得天公头脑昏？

二〇〇五年六月

# 沙漠行

缥缈蜃楼无处寻，终逢天赐雨中淋。
不思躲避何须伞，湿透衣衫润透心。

二〇〇五年七月

# 陪北京来友游园

日照碧空分外晴，夜升圆月异常明。
目中景色忽添灿，为有高朋结伴行。

二〇〇五年八月

# 村姑（二首）

## （一）

靓姿倩影态传神，双目频频慑众魂。
逢献殷勤全婉拒，人家已有意中人。

## （二）

四周宁静月圆时，遥望边防思绪痴。
拂面东风如有意，西行捎信报君知。

二〇〇五年九月

# 露天赏古琴弹奏

轻若微风拂碧坡，激犹飞瀑撞清波。
如牛我辈聆听罢，也应频频产奶多。

二〇〇五年九月

# 今夜中秋无月

今年中秋节，适逢九一八纪念日，夜间有雨。

万户团圆祭国殇，天公洒泪月收光。
溯前七十四年夜，乍起狼烟笼沈阳。

二〇〇五年九月

# 中秋闻钟笛

中秋团聚赏荧屏，注目沈阳钟笛鸣。
祸首东条魂未散，安居岂可忘刀兵。

二〇〇五年九月

# 听丁芒先生讲诗词改革

诗词本色与时进，蓬勃生机待创新。
且喜方家先觉醒，弄潮还靠悉潮人。

二〇〇五年九月

## 赞翼城县符册村农民诗友

一群泥腿做诗家，地埂抒怀邀彩霞。
心血浇苗苗苗壮，醇情润笔笔笔生花。

二〇〇五年九月

## 谢绝邀游邯郸

友人邀我游，婉拒是何由？
不慕黄粱梦，无须将枕求。

二〇〇五年九月

## 奉和谢启源先生网上赠诗

久炼真山入正宗，草书老辣足称翁。
碑林块块凝心血，文集篇篇扬国风。
不躁不骄甘淡泊，求新求变耻雷同。
谢君泼墨赠长卷，蓬筚生辉落彩虹。

二〇〇五年十月

# 附：谢启源诗《赠武正国》

瞻顾香山一代宗，心关黎庶作诗翁。

拓新三晋谆朴韵，依旧五湖浩荡风。

直取精华成自我，不涎糟粕鄙雷同。

交城故里念慈母，肺腑真声最动容。

## 贺唐渊诗社诞生兼赞唐氏五诗社

唐氏弟兄操管弦，各怀特技不求全。

五音相协成交响，共奏并州不夜天。

二〇〇五年十月

# 大海（二首）

## （一）

激荡襟怀浪万千，汤汤浩浩接苍天。

无穷活力威如许，广纳江河不计年。

## （二）

不与高峰争并肩，但求深邃向低延。

心胸何以成其阔？为慕汪洋甘作边。

二〇〇五年十月

# 福娃谣（五首）

## （一）

水中贝贝嘴巴乖，消息灵通鼓小腮。
见了亲朋先考问，北京奥运几时开？

## （二）

林里晶晶两眼乖，顽皮憨厚笑容堆。
知他为啥忒高兴？请你用心猜一猜。

## （三）

明亮欢欢头顶乖，激情燃焰暖胸怀。
北京圣火光芒射，歌满古城花满街。

## （四）

大地迎迎腿脚乖，机灵奔跑展英才。
体坛兄妹齐追赶，拼搏图强争捧杯。

## （五）

天上妮妮心底乖，年年守信带春回。

担当奥运吉祥鸟，更为人间降福来。

二〇〇五年十一月

## 游故宫三希堂

故宫书苑沁芳菲，惟憾三希缺一希。

劫难流亡已成史，羲之何不早思归？

【注】

　　故宫三希堂曾由乾隆收藏晋人三件书法珍品，故曰三希堂。清亡后三件珍品俱流失。新中国成立以来，其中有两件已设法找回。惟独最珍贵的一件，即王羲之的《快雪时晴贴》，至今尚在台北。

二〇〇五年十一月

## 手

任将万物巧铺排，劳苦殷勤展异才。

左右成双天作美，多生一只反成灾。

二〇〇五年十一月

# 脚

低层负重不张扬，带动全身走四方。
洗净若无鞋袜裹，略施脂粉也馨香。

二〇〇五年十一月

# 【仙吕·一半儿】初冬

公园沉寂百花凋，雪片稀疏触地消。
鸟去林空枝乱摇。叶儿飘，一半儿因风一
半儿老。

二〇〇五年十一月

# 海南行（四首）

## 亚龙湾海泳

不恋馆池清且静，偏贪海浪苦而咸。
呛喉刺鼻岂停顿，直达前方屹立岩。

## 高尔夫球场

山脊镶林低嵌湖，阔坡密草润如酥。
荒原似此俱披绿，百姓也玩高尔夫。

## 博鳌亚洲论坛

万泉河畔耸高楼，元首纷纷来运筹。
小小渔村连大海，东方崛起占鳌头。

## 海口万绿园

背靠琼楼面海风，椰林掩映百花丛。
蜂飞蝶舞色香里，鸟闹人闲动静中。

二〇〇六年一月

# 狗年话狗

鼻腔灵叫绝，蹄腿敏生风。
制敌敢拼命，看家侍主忠。

二〇〇六年二月

# 民工度假

开春外出别贤妻，历夏经冬年底归。
总怨时光流得慢，回来却恨表针飞。

二〇〇六年二月

# 咏曹操

大笑时时闻大气，豪言句句溢豪情。
雄才怎以奸雄论？一统江山乱世平。

二〇〇六年二月

# 古韵新和（四首）

## 和杜牧《遣怀》

闹钟催起校园行，眼渐模糊体渐轻。
两耳敢闻书外事？一心高考榜题名。

## 和叶绍翁《游园不值》

怕沾野草怕沾苔，封闭校园门不开。
花季与春相隔绝，何时郊外踏青来？

## 和岑参《逢入京使》

下山医疾路漫漫，伤口频颠血不干。
住院开刀无积蓄，匆匆包扎暂偷安。

## 和苏轼《题西林壁》

横看遮岭侧遮峰，砖瓦水泥无不同。
不识庐山真面目，只缘身在百楼中。

二〇〇六年三月

## 采桑子·游重庆

两江弯曲穿城过，江在城中，城在江
中，来往车船四面通。　　琼楼密集梯形布，
楼在山中，山在楼中，高处夜观灯火红。

二〇〇六年四月

## 参观江津聂荣臻陈列馆

转战春秋不计功，踏平艰险驭雄风。
更将心血凝星弹，笑到国威扬太空。

二〇〇六年四月

## 参观江津陈独秀旧居

遗物尘封遗像清，艰难曲折一生行。
铸成大错无失节，功过自当公正评。

二〇〇六年四月

# 三峡博物馆惊看纤夫石

岸石突兀猛虎蹲，近观遍体锉深痕。
船工祖辈逆流上，磨断纤绳多少根？

二〇〇六年四月

# 听干警帮教失足少年

善操枪械善操琴，拨准心弦始动心。
听者呜咽帮者泣，共鸣旋律奏谐音。

二〇〇六年四月

# 回乡葬母（三首）

## （一）

惊闻母病入膏肓，汗浸单衫背透凉。
本望归来求侍药，焉知探视变奔丧。
曾熬孤独百般苦，未享温馨一面祥。
轻抚慈容空自悔，为何不趁早还乡？

## （二）

肃立灵棚思绪纷，如今相聚竟相分。
盼儿夜夜儿终返，呼母声声母可闻？
蜡泪频随人泪淌，灯心更伴我心焚。
潸然细雨由天降，星月无光尽入云。

## （三）

椒车缓缓向前趋，景物依然情却殊。
曾是送儿求学路，今成引母不归途。
途经枣树您勤植，身纳阴凉我愧图。
坎坷行程终点现，肝肠寸断步踟蹰。

二〇〇六年四月二十八日至五月四日

# 初夏夜

夕阳携热去，新月洒清凉。
院落趋宁静，虫声渐逞强。

二〇〇六年五月

## 参观马王堆出土文物

琳琅满目百科全，稀世珍奇惊破天。
华贵主人餐饮后，从容一睡两千年。

二〇〇六年六月

## 方　竹

万竹丛中奇竹藏，不图圆滑独呈方。
虚心岂是随风倒，棱角分明韧蕴刚。

二〇〇六年六月

## 雨中游岳阳楼

依湖矗岸立乾坤，古朴庄严堪自尊。
忧乐情操萦脑际，雨丝洗面涤灵魂。

二〇〇六年六月

## 雨中游君山

浩渺洞庭云雾横，万枝斑竹泪晶莹。
无边细雨潇潇落，疑是湘妃低泣声。

二〇〇六年六月

## 参观杨开慧故居

院落悄然居室空，别娘携子赴刀丛。
人亡家破何其惨，只为嫁于毛泽东。

二〇〇六年六月

## 游太行大峡谷（二首）

### 八泉峡

一路船行复步行，峡深天窄爽风迎。
水冲顽石狂涛吼，松扎悬崖鹏鸟鸣。

### 红豆峡

清潭连瀑瀑连潭，层叠曲弯东忽南。
欲赏多情红豆树，斜攀崖壁入轻岚。

二〇〇六年六月

## 看望戴云蒸

夫妻字画满墙悬，依旧挥毫伏案前。
弱臂缓抬肢细细，肥衫顿失腹便便。
口中水米难吞咽，心上诗词总挂牵。
恶疾缠身何所惧，笑谈华夏正华年。

二〇〇六年十一月

## 漫咏唐宋诗人词家（一百首）

### 王　绩

听厌奢华宫体诗，自然朴素赋新辞。
孤身唱响田园曲，王孟先声溯此时。

### 王　勃

高阁名篇千古稀，天涯海内耀光辉。
河东底蕴文浑厚，陶冶神思无翼飞。

### 杨　炯

横扫齐梁绮靡风，昂扬刚健挽强弓。
共研律体趋完善，荣列初唐四杰中。

## 卢照邻

七古新敲钟吕音，力摧四面弱虫吟。
承前革弊当时体，公论当推诗圣心。

## 骆宾王

才高气盛笔如椽，用不择时终可怜。
凄诉寒蝉牢狱窄，域中竟是武家天。

## 杜审言

前有阿爷后有孙，杜家连出大诗人。
天然工致共传世，隔代同辉堪绝伦。

## 宋之问

曾附权门舌学莺，颂词典雅意平平。
贬迁孤苦悲凉境，悔泪真流始动情。

## 沈佺期

污浊宦门攀附者，谨严律体定型人。
诗风履迹颇如宋，功过是非兜一身。

## 贺知章

诗似白云行碧空，无须雕琢自然工。
离乡太久童疑客，妙手偶书情趣丰。

## 张若虚

粒金远胜整堆沙，横绝孤篇成大家。
一曲春江花月夜，千年传诵万人夸。

## 陈子昂

政界济时罹祸殃，吟坛拓境震初唐。
唐人会演大交响，首亮雄风数子昂。

## 张九龄

吟兰咏桂颂丹橘，托物抒怀喻志明。
多舛命途多历练，笔锋刚健蕴深情。

## 王之涣

鹳雀登楼千里穷，凉州把盏忆春风。
短篇不厌包容广，奇句全凭想象丰。

## 孟浩然

行云流水柳梢风，韵味蕴藏恬淡中。
遍地江山留胜迹，秋波何必送渔翁！

## 李　颀

胸宽万事不言愁，七古雄风荡九州。
运笔边庭悲蕴壮，逢人落魄劝昂头。

## 王昌龄

擅长七绝寓情真，兼备刚柔俱绘神。
塞外老兵知己士，闺中少妇解愁人。

## 王　维

心融天籁笔清新，行觅源泉坐赏云。
酷爱田园非出世，常怀百战老将军。

## 李　白

权贵牢笼奈尔何，怀才一任放怀歌。
仕途黯淡诗途灿，不负河山胜景多。

## 崔　颢

妙句无妨变格求，奔腾气势畅如流。
大唐七律知多少，佳构首推黄鹤楼。

## 王　翰

边庭豪饮近乎狂，笔下男儿血性刚。
醉卧沙场英烈气，读来字字撼胸膛。

## 高　适

忍看将士葬黄沙，闻笛声声泣落花。
军帐案头抒垒块，戍边成就大诗家。

## 刘长卿

五言浑朴媲长城，炼字如金形象明。
风入松寒钟磬远，深沉意蕴自天成。

## 杜　甫

登峰屹立勇擎旗，造诣精深典范垂。
虑国忧民担重任，骚坛匹敌待阿谁？

## 岑　参

踏平风雪冒烽烟，笔下英豪笑破天。
血染征袍不弹泪，泪弹因见月儿圆。

## 张　继

拜读张君诗不多，枫桥妙句泊心窝。
寒山古寺迎除夕，万众听钟胜唱歌。

## 钱　起

花残鸟去竹依然，不改清阴待主还。
由物及人情蕴理，深层真意涌清泉。

## 贾　至

落难观春春变容，不吹愁去恨东风。
痴言乃是诗家语，无理偏含情理中。

## 郎士元

诗道原和书法通，须营主笔胁随从。
云间登上柏林寺，焦聚西南四五峰。

# 韩　翃

万家寒食禁烟期，正是宫廷传烛时。
形象顿明缘火照，善抓矛盾激深思。

# 司空曙

即事江村不系船，小中见大胜求全。
语言俊逸且真率，意境清幽韵盎然。

# 李　端

遴选诗材须典型，鸣筝五绝触心灵。
四行举重若轻字，弦外强音可炸瓶。

# 戴叔伦

兰溪吟罢诵苏溪，景语之中情语栖。
情景融浑无迹露，明描暗示辟新蹊。

# 韦应物

轻云疏密任行空，远近高低虚实融。
信手拈来无刻意，深情尽在浅言中。

## 卢　纶

雪满弓刀箭术神，典型环境典型人。
昂扬豪迈英雄曲，唱醒边关多少春！

## 李　益

两鬓镜中无再青，还将绿草咏边庭。
心存报国心难老，悲慨诗风悲亦馨。

## 孟　郊

泪漫芙蓉奇构思，情倾肺腑念娘慈。
感伤遭遇音寒苦，苦水酿成甘美诗。

## 畅　当

同是歌吟鹳雀楼，襟怀技艺俱堪优。
王名远比畅名盛，捷足先登占上游。

## 崔　护

人面桃花两度重，反教七绝色香浓。
情殊可破一般忌，最患诗家固步封。

## 常　建

悠闲适意入高林，竹径通幽鸟任吟。
山水空灵消杂念，乾坤纯净涤身心。

## 张　籍

渔家野老牧牛童，橡食草衣官逼穷。
新语民歌和泪唱，短篇乐府内涵丰。

## 王　建

春花细雨羡蚕姑，寒夜逆风怜水夫。
世上田园非世外，有甘有苦绘真图。

## 薛　涛

女子智商同样高，奈何韵律独男操。
全唐墨客如林立，闺秀留名几薛涛？

## 韩　愈

勇破陈规犹解枷，觅新涉险走天涯。
为诗敢创堪称贵，不似他人是自家。

## 刘禹锡

犯颜权贵惹雷霆，善唱民歌民爱听。
道士玄都花影绝，刘郎陋室竹枝青。

## 白居易

新体势如春草漫，长歌乐府起高峦。
语言通俗艺非俗，拓向民心天地宽。

## 李　绅

汗洒禾苗午日炎，盘餐谁识苦和甜？
闪光细节精心捕，概括全无抽象嫌。

## 柳宗元

清峭文奇诗亦奇，诗文双璧互增辉。
谋篇遣句工夫硬，运笔犹如令箭挥。

## 元　稹

言词切切意盈盈，尤擅遣怀亲友情。
七律悼亡称绝唱，长歌元白并肩行。

## 贾　岛

磨剑十年霜刃寒，推敲两字寸心丹。
苦吟自有苦中趣，局外焉知局内欢！

## 张　祜

画龙妙在点龙睛，诗眼无多务必精。
潮落月斜江面暗，两三星火万分明。

## 李　贺

摹鬼描仙为写人，幽思托梦梦犹真。
任由幻想插双翅，双翅飞天别有神。

## 许　浑

龙崩秋草云先散，风满城楼雨欲狂。
状物传神含哲理，抒情倾腑断肝肠。

## 杜　牧

信步游来吟首诗，品牌增色美名驰。
杜君今若身犹健，汾酒做东分巨资。

## 温庭筠

傲踞恃才官运空，栖身潦倒教坊中。
诗精聊缀群雄尾，词艳轻开一代风。

## 李商隐

心比天高脚陷泥，才华横溢付流溪。
情弦律动谱佳韵，妙冠无题胜有题。

## 罗　隐

柳絮花冠小蜜蜂，拈来娓娓诉由衷。
物微情重意深远，远胜空言对太空。

## 皮日休

酒醉残灯岂是闲，心怀愤懑怎开颜？
纳粮橡媪逢污吏，写尽苍生世事艰。

## 陆龟蒙

白莲恰似有情人，以实见虚虚更真。
吟咏江山伤世事，诗中画本贵传神。

## 韦　庄

屡遭战乱吊兴亡，苟且花间觅雅芳。
含蓄诗情融晚景，缠绵词意漫闺房。

## 黄　巢

西风飒飒不言寒，香阵冲天始见欢。
何以英豪单诵菊，遍身金甲解迷团。

## 聂夷中

自幼饱尝贫病侵，熟谙诗应为谁吟。
田家剜肉医疮状，看在眼中疼在心。

## 司空图

身隐寒山心未寒，神游诗海起狂澜。
洋洋妙论多新意，千载发人思路宽。

## 章　碣

"君王自引美人来"，画外听音长矣哉。
污吏娴于弄裙带，贪官狠在敛横财。

## 韩　偓

深院惜花怜雨淋，伤春春尽更伤心。
凄凉轻艳香奁体，空对王朝末日吟。

## 杜荀鹤

民流血汗吏升迁，意境诗风追乐天。
明朗家常通俗语，和谐入律倍新鲜。

## 王　驾

社日避开谈正题，只描扶得醉人归。
剪裁侧写留余地，读后遐思任远飞。

## 花蕊夫人徐氏

夫人有姓却无名，锁在深宫隔视听。
国难临头齐解甲，愤吟羞煞众男丁。

## 李　煜

只贪安逸忘安邦，阶下成囚忆断肠。
以泪洗忧忧更涌，君王难做做词王。

## 王禹偁

生自农家未忘农，赋诗切盼米粮丰。
清新晓畅民歌体，一扫宋初浮靡风。

## 林　逋

巧从竹影觅疏影，奇向桂香寻暗香。
点化工夫在于创，铁中减碳为求钢。

## 范仲淹

忧乐情怀正己身，苦营城阙抗胡尘。
燕然未勒征夫泪，社稷入词开路人。

## 晏　殊

娴操小令艺精良，细草愁风恋夕阳。
物换星移成北宋，无须裹足效南唐。

## 柳　永

无缘利禄淡功名，调寄人间烟火情。
酣畅淋漓长短句，盛传市井万民迎。

## 梅尧臣

泪珠滴滴田家语，血口森森猛虎行。
直面社风凭勇力，爱民愈烈愈钟情。

## 欧阳修

公堂端坐作朝臣，私约黄昏欣觅春。
情欲生来谁未有？词人敢道是真人。

## 司马光

偶得空闲吟诵时，抒情赏景两由之。
埋头编撰耗心血，通鉴洋洋成史诗。

## 王安石

善作文章更重行，改诗革政两驰名。
当朝若纳荆公谏，未必仓皇丢汴京。

## 苏　轼

书画文章境界宽，诗词又见起狂澜。
涧溪清雅终嫌浅，汇入大江方壮观。

## 晏几道

曾享相门公子荣，更尝寒士受欺情。
炎凉触发切肤痛，小晏沉于老晏声。

## 黄庭坚

远追老杜近齐苏，广纳百川成大湖。
欲览宋诗真面目，不谙鲁直等同无。

## 秦　观

周胜辞章柳胜情，辞情双胜属秦卿。
高超技艺骚人服，流畅文风百姓明。

## 贺　铸

悲壮缠绵遂意吟，吟来毕竟见胸襟。
军人脱颖多豪气，总把骚坛当武林。

## 陈师道

初拜东坡受启蒙，后开生面避趋同。
师门当入更须出，创造优于仿造工。

## 周邦彦

乐章格律俱精通，仄仄平平无不工。
技艺高超新意少，雕龙手笔憾雕虫。

## 李　纲

悲愤长吟代奏章，横陈国是挽危亡。
词非妩媚独家店，闭月羞花看李纲。

## 李清照

夫亡世乱苦流离，热泪凝成婉约词。
若许君身穿铁甲，试看雄杰镇须眉。

## 岳　飞

壮怀激烈卷风云，武穆文雄忠冠群。
遇害身亡麾下散，词存不败岳家军。

## 陆　游

终身报国赴艰危，罢黜频频志岂移。
告慰九州成一统，还须常诵示儿诗。

## 范成大

几经历险又何妨，出使强金岂畏强。
冷语嘲皇胸炽热，只缘恨铁不成钢。

## 杨万里

舍却依猫画虎娃，心裁别出育新花。
婷婷荷露尖尖角，妩媚清纯成一家。

## 朱　熹

万紫千红竞向荣，源头活水透晶莹。
玄虚深奥儒家理，化入吟坛满目情。

## 张孝祥

无缘战死耻言降，莫道文人总缺刚。
宴上凛然悲愤诉，词锋犀利似投枪。

## 辛弃疾

少壮鏖兵挥战刀，老来北望每登高。
好词岂止凭精艺，胸有江山气自豪。

## 陈　亮

芍药娇羞含雅芳，腊梅带刺溢清香。
词园恰似百花绽，休怨布衣陈亮狂。

## 叶绍翁

绝句无疑超短篇，须抓特色忌贪全。
一枝红杏满园景，以少胜多千载传。

## 姜　夔

含蓄幽香雾里花，空灵雅韵诉琵琶。
悲凉心绪难排解，剩水残山看国家。

## 吴文英

暴雨狂风欲覆巢，弱莺凄苦忍飘摇。
一隅疆域何其阔，啼罢夕阳啼断桥。

## 严　羽

严君吟咏固嫌平，诗话篇篇却忒精。
亲口将梨品尝过，个中滋味最知情。

## 王沂孙

枯黄落叶任霜侵，充耳寒蝉泣晚林。
万痛莫如亡国痛，填词咏物更揪心。

## 文天祥

捐躯社稷死犹生，句句诗词血写成。
古往今来时代变，丹心永照后人程。

二〇〇六年七至十二月

# 哈尔滨掠影

## 雪　雕

北国风光此地殊，天鹅项下赏明珠。
轻歌缭绕太阳岛，白雪精雕万象图。

## 冰　灯

夜幕降临星缀空，满城骤现水晶宫。
流光溢彩知多少？青紫靛蓝黄绿红。

## 雾　凇

茫茫雪地矗青松，针叶虬枝战朔风。
隔夜恍如千载过，万株尽变白头翁。

## 滑　雪

小伙姑娘个个牛，四肢灵敏信天游。
老夫欲试身无奈，但恨时光不倒流。

## 逛　街

几座洋楼原仿俄，曾经誉比莫斯科。
如今四处起华厦，高过当年老大哥。

## 购　物

俄国商家费苦心，慨然托物忆光阴。
日常百货印头像，全是列宁斯大林。

二〇〇七年一月

## 青玉案·元宵 （用辛弃疾《元夕》韵）

雪花妆点银花树，且夹带、毛毛雨。
社火穿街人涌路。争相观赏，秧歌狂扭，
狮子英姿舞。　　腾空鸣炮铺金缕，迎接
春来送冬去。举国和谐凝力度。复兴华
夏，而今正到，酣畅淋漓处。

二〇〇七年三月

## 观摩郭齐文书法艺术作品展

卸却乌纱道不孤，潜心融汇百家殊。
挥毫入韵色香俱，宴我珍馐新出炉。

二〇〇七年三月

## 题张全美诗书集

当年风雨踏征途，统领雄师意气舒。
今日运筹方块字，万千精锐入诗书。

二〇〇七年三月

# 懊 悔

昨夜临入梦乡，虫声唧唧透窗。

脑海突然发亮，闪现诗句两行。

趁热打铁欲记，瞌睡懒得下床。

清晨醒后追忆，熟料基本忘光。

灵感梢纵即失，空对白纸一张。

二〇〇七年四月

# 酸 雨

酸雨窥时节，当今屡发疯。

土壤肥力减，池塘臭味浓。

庄稼身枯萎，树木叶变容。

鱼虾遭厄运，建筑罹锈蒙。

毒素无忌惮，更向人体攻。

天外飞来祸，地上觅"元凶"。

厂矿欠节制，粉尘乱排空。

环境趋恶化，受惩情理中。

二〇〇七年四月

# 回乡祭父母

香火氤氲遗像前，悠悠岁月岂如烟！
穷家八口一张炕，破屋三间数亩田。
风雪交加愁黑夜，青黄不接怕春天。
而今满桌珍馐积，怎为爹娘送九泉？

二〇〇七年四月

# 乘上海磁浮列车

地铁至机场，磁浮一线通。
长长三万米，短短七分钟。
半路才提速，全程已告终。
这般飞快腿，谁可与争锋？

二〇〇七年四月

# 苏州园林

赏景何须大，心闲情自殊。
借来他处塔，妆点自家湖。
步步流诗韵，层层涌画图。
悠哉成对鸟，水上并肩凫。

二〇〇七年四月

# 赏　月

　　2007年中秋前夕，山西诗词学会在并召开全省会议。散会时相约：中秋之夜，限"先"韵各作一首赏月诗，贴在网上团聚。是夜，一轮当空，万里无云，仰望良久，吟成一绝：

　　　　爽朗中秋月正圆，万家聚赏夜无眠。
　　　　诗人异地同敲键，韵律悠扬网作弦。

　　　　　　　　　　　　　　　二〇〇七年中秋之夜

## 柳林双塔

　　　　双双形影伴，恰似好夫妻。
　　　　砖木尚如此，人心自可期。

　　　　　　　　　　　　　　　二〇〇七年十二月

## 秋染农家

　　　　天高新雨霁，谷熟小村宁。
　　　　红枣枝头缀，门前矗画屏。

　　　　　　　　　　　　　　　二〇〇七年十二月

# 云逐山村

休笑山庄小，天然气势雄。
白云缭绕恋，不嫌窑洞穷。

二〇〇七年十二月

## 动物世界探奇（一百五十首选七十三）

### 袋　鼠

幼仔享温饱，母亲甘忍肌。
不辞奔跳苦。只盼袋中肥，

### 绿头鸭

孵卵加温度，脯前毛脱光。
心怀慈母爱，付出总超常。

### 鸵　鸟

丈夫知体贴，孵卵替贤妻。
烈日当头烤，心忧温度低。

## 海　马

头像马儿身像龙，尾缠海藻巧防冲。
雌生卵后雄怀孕，任务不同慈爱同。

## 喜　鹊

寻虫寻水伴，自在自由飞，
相爱相亲恋，成双成对归。

## 极乐鸟

华羽无伦比，夫妻最讲诚。
一朝遭丧偶，绝食拒孤生。

## 天　鹅

南海度完冬，还乡兴意浓。
蓝天镶白翅，结队越珠峰。

## 大马哈鱼

幼时生在黑龙江，外出奔波下海洋。
长大新婚何处办？溯流直上念家乡。

# 海 龟

少小离家闯大洋，青春作伴好还乡。
神奇记得来时路，万里风波心导航。

# 犀牛鸟

惯在犀皮褶皱中，精心啄食寄生虫。
行医收入不交税，牛背逍遥学牧童。

# 孔 雀

拖尾谈何易，开屏非等闲。
负担留自己，绚丽送人间。

# 金丝燕

人爱燕窝美，谁知营造难。
呕心岩壁上，沥血一团团。

# 苍 鹰

翅阔飞行疾，天高视野宽。
更添神嘴爪，掠影鼠先瘫。

## 火烈鸟

遍体红光耀，洋洋结大群。
腾空齐舞翅，天际火烧云。

## 画　眉

身材容貌靓，非赖笔传奇。
深浅入时处，天然未画眉。

## 骆　驼

耐饥还耐渴，熬热又熬寒。
挺背山峰矗，扬头沙漠穿。

## 萤火虫

不枉来世上，磊落度青春。
漆黑深沉夜，荧光照路人。

## 大熊猫

憨厚祥和心地宽，无求闻达隐重峦。
一生偏爱竹为友，不畏风霜傲雪寒。

# 大象

自重自强沉稳行，温和知足享高龄。
大牙洁白玉般美，长鼻勤劳手样灵。

# 南极企鹅

大海汪洋经见多，遨游激浪气平和。
挺胸昂首冰川走，风雪交加奈尔何！

# 北极熊

冬居极地不知寒，夏坐浮冰且代船。
静似雪堆迷猎物，动如弓满箭离弦。

# 蝴蝶

生命之花烂漫开，全凭奋斗展奇才。
轻盈起舞靓蝴蝶，原是毛虫丑变来。

# 蜉蝣

铁杵磨针毅力支，成功贵在肯坚持。
水中默默熬三载，只为腾飞数小时。

## 考　拉

心闲身体胖，闭目树杈栖。
休笑考拉懒，桉香热量低。

## 毛　驴

拉磨又拉碾，盘山跑运输。
生来脾气犟，喜爱顺毛梳。

## 斑　马

遭欺避抗争，遇险急逃生。
练就飞毛腿，终闻哀叫声。

## 公　鸡

牢笼关禁闭，依旧不低头。
每至天将曙，高歌任放喉。

## 螃　蟹

浑身披铠甲，舞爪敢横行。
真正遇强敌，钻泥现怯情。

## 蜗　牛

小心伸触角，动作慢悠悠。
一旦临风险，缩回窝自囚。

## 乌　贼

遇敌口喷墨，水浑逃远方。
生存须自卫，称贼实冤枉。

## 蚌

张壳可吞食，关门避敌屠。
裹沙奇演绎，粒粒化珍珠。

## 飞　鱼

力甩大鱼追，冲开水面飞。
空中行百米，海上滑翔机。

## 壁　虎

遂意墙头蹿，逮虫如有神。
逃生怀绝技，舍尾保全身。

## 梅花鹿

秋冬披褐色，春夏缀梅花。
随季换装束，求生避豹牙。

## 食蚁兽

嘴细舌头长，整天寻蚁忙。
囫囵可吞食，无齿又何妨。

## 鸭嘴兽

产卵非禽类，孵来吃奶娃。
爬行颇笨拙，游泳是行家。

## 刺　猬

生性喜安静，辛勤灭害虫。
刺多缘自卫，巧御敌强攻。

## 水　獭

爱在洞中睡，擅长湖里游。
摸鱼兼捕鼠，水陆两悠悠。

## 野　兔

鼻灵双眼大，草动耳先知。
三窟布疑阵，生存本领奇。

## 海　豹

圆头圆脑胖乎乎，岸上爬行不自如。
极地破冰潜海泳，泳姿优美遍身舒。

## 蜻　蜓

身体轻盈四翼长，腾空游戈艺高强。
聪明人类善模仿，造出飞机万里翔。

## 海　参

蠕动蹒跚胖纺锤，温柔弱小屡遭欺。
施行舍卒保车计，机敏抛肠避敌追。

## 猫头鹰

眼亮耳尤灵，巡逻夜独行。
凌空俯冲下，捕鼠静无声。

## 啄木鸟

久磨成铁嘴，嘴到病除根。
义务行医道，森林保护神。

## 蝙　蝠

白天齐上吊，夜晚闹天宫。
形丑心灵美，频频捕害虫。

## 黄鼠狼

常年勤捕鼠，偶尔也偷鸡。
功过应公论，须防任贬低。

## 蚕

献出安身所，供人织锦衣。
文明旗帜上，应有茧光辉。

## 瓢　虫

朵朵七星花，能飞尤善爬。
巡逻枝叶上，专逮害禾蚜。

## 蜣　螂

外号欠高雅，行为颇特殊。
农家好帮手，环卫老劳模。

## 蚯　蚓

潜心钻土中，人类好帮工。
默默耕耘者，辛劳不计功。

## 螳　螂

雄哉两肋插刀郎，百部虫中称大王。
直使蚊蝇无处躲，代人除害不张扬。

## 海　豚

每逢风浪打翻船，奋勇推人到岸边。
可敬胸怀如海阔，堪称优秀救生员。

## 海　鸥

贴海翱翔天气好，高飞暗示暴风临。
预知晴雨相当准，引领航船献爱心。

## 青　蛙

巡罢青苗巡碧池，爬行游泳两由之。
捕虫本领呱呱叫，卫护农田封大师。

## 蟾　蜍

又产蟾酥又灭虫，为人奉献立双功。
只缘相貌生来丑，挨骂遭嫌理欠公。

## 蝼　蛄

有翅懒飞翔，阴沟暗洞藏。
咬根欺作物，不敢见阳光。

## 叩头虫

被逮求怜悯，频频乱叩头。
放生呈本性，又让嫩苗愁。

## 蚊　子

白日偷闲避见光，伺机夜里做文章。
贪婪吸血撑圆肚，报答于人是毒浆。

# 蝉

饱食枝头得意鸣，语音枯燥不堪听。
高高在上喊知了，其实何曾懂下情！

# 杜　鹃

催人布谷自逍遥，懒得育雏玩调包。
乘隙莺窝偷下蛋，更叼原卵作佳肴。

# 鳄　鱼

静泡泥塘佯午休，猛张血口欲吞牛。
狠心咬定狠撕裂，喜至狂时喜泪流。

# 老　鼠

偷瓜偷菜又偷粮，咬柜咬衣还咬墙。
里外折腾传疫病，惯于雪上再加霜。

# 宠物犬

城中受宠竞时髦，墙角草坪添尿臊。
昨夜一声雷响后，周围四处起狂嚎。

## 犀　牛

水塘宁静住，勇猛不伤人。
有角长头上，无辜遭杀身。

## 穿山甲

挖洞是能手，频将蚁害除。
祸由坚甲引，大量被人屠。

## 金　鱼

一味求华丽，功能退化多。
缸中无激浪，忘却有江河。

## 白鳍豚

平时难得见，潜水躲渔舟。
举世珍稀宝，仅存三百头。

## 斑　驴

斑驴自古住非洲，同族洋洋百万头。
人类发明枪弹后，竟然无一幸存留。

## 珊　瑚

五光十色海中花，连体生存岩是家。
天敌多多无所惧，最忧人类把温加。

## 八　哥

严密牢笼六面囚，水米无忧心底忧。
佯欢学舌供人笑，实盼放生还自由。

## 狮　子

野外谋生难得闲，奔波拼搏吼惊天。
栏中美食靠人送，整日昏昏欲睡眠。

## 白　鹤

鄱阳湖畔境悠然，众鸟冬栖争抢先。
一往情深推白鹤，阖家团聚近三千。

## 恐　龙

称霸全球上亿年，一朝境变俱长眠。
而今万物由人控，维护和谐任在肩。

二〇〇七年十二月

# 植物王国记趣 （一百五十首选七十八）

## 青　松

擎天身伟岸，四海展常青。
烈日炼筋骨，寒风育寿星。

## 翠　柏

峻岭根盘石，寒冬叶不凋。
风狂身觉爽，雪压岂弯腰！

## 白　杨

挺腰天际冲，摇叶笑清风。
足迹五洲闯，争春不逊红。

## 垂　柳

妩媚知春早，柔丝垂地飘。
无须脂粉染，嫩绿更妖娆。

## 红　柳

无边沙漠里，红柳背佝偻。
指点拓荒者，前方有绿洲。

# 老　槐

年龄溯大唐，阅尽世沧桑。
干老枝柔嫩，新花分外香。

# 油　杉

速生常翠绿，身直且轻盈。
建厦栋梁架，造船江海行。

# 银　杏

始祖度洪荒，恐龙曾作伴。
衍生多少年？两亿七千万。

# 泡　桐

青青遮烈日，习习送凉风。
义务吸尘器，天然环保工。

# 白　桦

玉干亭亭立，柔枝翠叶舒。
迎风羞涩笑，天使浴身初。

## 铁桦

好个英雄汉，身躯坚胜钢。
铁锥穿不透，弹射亦无妨。

## 香樟

木纹匀细密，耐湿溢清香。
作橱颇高雅，安然无蛀殃。

## 桢楠

江南生丽质，纹理泛华光。
手叩声如玉，悠悠闻异香。

## 檀香

雕成工艺品，典雅沁芬芳。
提炼精油料，美人争化妆。

## 橄榄

轻摇橄榄枝，重炮毁城池。
亵渎和平者，猖狂到几时？

## 胡　杨

风沙无所惧，盐碱又何妨。
叶茂生机旺，根深干自强。

## 黄　杨

秋凉仍碧绿，冬冷不调零。
无意趋炎艳，悠然四季青。

## 冬　青

结队排方阵，同心拦乱沙。
不求当主角，甘作绿篱笆。

## 木　棉

干似英雄立，花如烈火腾。
风云由任览，笑对日东升。

## 桑　树

没有桑林翠，哪来绸缎绵？
扎根华夏地，四海美名传。

## 榆　树

目睹新春景，生情忆幼年。
群芳无意赏，饥馁恋榆钱。

## 榕　树

遮天枝叶密，独木蔚成林。
地僻何为伴，时时闻鸟吟。

## 椰　树

南国热风熏，高空摇倩影。
海滩人浪喧，无椰不成景。

## 橡胶树

开怀流乳汁，奉献讲求多。
胶管富弹性，轮胎尤耐磨。

## 桉　树

身高超百米，籽小逊芝麻。
生命有奇迹，乾坤无际涯。

## 蚁栖树

树生球蛋白，蚁食饱饥肠。
蚁抗入侵者，严防树受伤。

## 面包树

果实圆而胖，多含淀粉糖。
入炉烧烤熟，散发面包香。

## 光棍树

有枝无叶片，枝代叶功能。
种子逢甘露，抢先穿土层。

## 梅 花

春来心早知，花绽雪飞时。
桃李梦中羡，东风第一枝。

## 兰 花

叶长抽利剑，花秀送温馨。
根果入中药，清痰止血灵。

## 荷　花

出水芙蓉靓，钻泥根柢坚。
浑然成一体，藕断有丝连。

## 菊　花

百花秋日谢，独有菊金黄。
万缕千丝绽，不输春艳妆。

## 牡　丹

盛名追大唐，丰满醉明皇。
惹得群花妒，年年恨洛阳。

## 玫　瑰

朝阳展丽姿，香色献无私。
花底频藏刺，为防偷折枝。

## 月　季

庭院时时艳，芳容朵朵娇。
姐儿才露脸，阿妹又含苞。

## 茉　莉

天生珠玉朵，素洁蕴情长。
小瓣风干后，入茶依旧香。

## 水　仙

稚嫩青丛里，凌波款款开。
馨香妆淡雅，玉女报春来。

## 迎春花

迎春名副实，守信耻徘徊。
乍遇雪狂舞，无妨烂漫开。

## 杜鹃花

冰雪方消退，漫山披彩霞。
无须人哺育，风雨是爹妈。

## 康乃馨

含苞历苦辛，室陋不嫌贫。
培育众花朵，温柔似母亲。

## 牵牛花

不顾路途陡，潜心向上攀。
清晨空气爽，喇叭奏斑斓。

## 雪莲花

石缝生根固，花冠大且鲜。
冷香风送远，独傲雪山巅。

## 仙人掌

身如储水囊，叶似硬针芒。
耐旱抗炎热，花开大漠香。

## 红　杏

为有红花绽，赢来硕果悬。
更经酸涩苦，才获软甜绵。

## 葡　萄

叠翠层层画，联珠句句诗。
赏光先醉眼，品味引涎垂。

## 香　蕉

硕果熟趋黄，去皮甜软香。
翁童尤喜爱，无齿也无妨。

## 芭　蕉

芭蕉生大叶，翠绿挡炎阳。
枯老制成扇，为人犹送凉。

## 荔　枝

扑鼻清香沁，入腔甜蜜留。
贵妃开口笑，为啖水晶球。

## 榴　莲

肉嫩皮多刺，名声毁誉兼。
初闻频掩鼻，入口恋香甜。

## 西　瓜

暑天来几瓣，甜爽足销魂。
解渴且排毒，何须将药吞！

## 红　枣

初红甜且脆，熟透性绵温。
细嚼方知味，囫囵不可吞。

## 山　楂

绿叶白花密，生机最可人。
秋来红满树，疑是又回春。

## 核　桃

外包圆硬壳，内卧两条龙。
补肾息腰痛，壮阳非自封。

## 开心果

处世遇麻烦，劝君休发火。
清茶邀友来，共嗑开心果。

## 水　稻

名列群禾首，栽培历史悠。
中华河姆渡，已植七千秋。

## 小 麦

肥足适时种，根粗分蘖多。
茫茫冬雪盖，百姓笑呵呵。

## 大 麦

贫民曾忒盼，早熟度春荒。
今已无人食，频频酿酒香。

## 玉 米

穗肥胡子长，籽大密排行。
本是老来俏，而今嫩吃香。

## 高 粱

个高腰板直，面颊泛红光。
旱涝等闲度，艰难见志强。

## 棉 花

棉花不入花，品位胜奇葩。
秋绽连云海，冬来暖万家。

## 芝　麻

耻于贪自大，粒小出油多。
点化两三滴，鲜羹香溢锅。

## 向日葵

追求无懈怠，磊落向光明。
尽职蓄能量，捐躯迸热情。

## 黄　瓜

当年民爱戴，解渴又充饥。
今日人夸奖，美容还减肥。

## 胡萝卜

四季家常菜，三餐资历深。
抗癌新武器，保健大人参。

## 马铃薯

别看形象土，常食智商高。
百姓人人爱，西餐交椅牢。

## 辣　椒

色艳味香辣，维C含量丰。
引涎增食欲，发汗抗寒风。

## 韭　菜

一茬才割去，又冒一茬鲜。
只要留根在，总教青漫田。

## 南　瓜

青菜嫩才好，南瓜偏贵老。
恰如童与翁，都是世间宝。

## 花　椒

微粒显威力，蠹虫无处藏。
安心充配角，碾碎也留香。

## 甘　草

人言良药苦，此物性甘甜。
惠及弱群体，有功知葆廉。

## 灵　芝

补气强身士，安神养血工。
天然名贵者，总隐大山中。

## 枸　杞

繁枝阻沙暴，环保做尖兵。
赤子全身献，护人双目明。

## 罂　粟

镇痛称良药，杀身充毒枭。
物原无善恶，善恶在人操。

## 红　豆

晶莹光熠熠，红润透肌肤。
多少相思夜，血凝成泪珠。

## 蒲公英

种子乘绒伞，随风四处扬。
区区小生命，繁衍有良方。

## 含羞草

游人轻触摸，叶卷柄儿垂。
恰似妙龄女，羞于生客窥。

## 紫 藤

腰朝粗干扭，献爱意缠绵。
付出求回报，扶摇直上天。

## 烟 草

人本最聪明，因钱晕大脑。
频频损健康，国国烤烟草。

二〇〇七年十二月

## 抗雪灾（次韵乐天《钱塘湖春行》）

雪压江淮东复西，临春温度骤然低。
冷风袭夜屋停电，冻雨凝尘冰代泥。
拓路千军齐振臂，抗灾万马共腾蹄。
更添北国送温暖，众志成城固大堤。

二〇〇八年二月

# 八达岭长城

绵延青嶂势崚嶒，忽现苍龙岭脊腾。
不是风光无限美，怎教好汉竞攀登！

二〇〇八年二月

# 潭柘寺

上有清潭下柘林，影深叶密鸟闲吟。
红墙碧瓦帝王所，曲水流觞雅士心。

二〇〇八年二月

# 赏水既生篆刻

劲似群龙舞碧空，娴如百卉沐春风。
倾心方寸乾坤大，不见雕痕始见工。

二〇〇八年三月

# 枪口鸟

　　成对黄鹂，枝头嬉戏。相亲相爱，无忧无虑。突然枪响，如炸霹雳。就中一只，应声坠地。另外一只，先是惊悸。飞走又返，竟不逃逸。围绕同伴，潜然落泪。边飞边叫，撕心裂肺。"你可不能，撇我而去。家中子女，等咱哺喂。"面对枪口，毫不畏惧。怒斥猎人，言词凄厉："杀死我妻，你好得意。你妻遇害，是啥滋味？"

二〇〇八年四月

## 参观南昌八大山人纪念馆

　　地僻人来少，花残鸟倦歌。
　　毫端线条简，心底泪珠多。

二〇〇八年五月

# 小平小道

　　1969年10月至1973年3月，邓小平同志被下放到江西省新建县望城岗镇拖拉机配件厂劳动改造。从车间到宿舍是一条1.5公里的小道，小平同志每天从小道走过。这条小道被工友们亲切地称为小平小道。工友们断言："中国改革开放的思想就是从这里萌发的。"

　　　　伟人落难遭穷乡，民瘼凄然痛断肠。
　　　　改造期间思改革，悠悠小道孕康庄。

　　　　　　　　　　　　　　　　二〇〇八年五月

## 抗震救灾群英颂（七十八首选七十二）

　　2008年5月12日，四川汶川爆发大地震，倾刻间造成惨重伤亡。但是，中国人民没有被灾难吓倒。气壮山河地生死营救，感天动地地八面驰援，涌现出成千上万英雄人物。这里用72首小诗，歌颂了其中的74位。

### 马　健

　　　　只身夜入废墟中，赤手猛朝砖石攻。
　　　　雨水汗珠浇血水，爱心圣洁德行崇。

　　马健，男，14岁，四川省汶川县映秀镇漩口中学初三学生。地震发生当天晚上，马健冒着大雨只身回到学校钻进废墟，用双手将一块块砖头刨开，运出来，再钻进去，一趟又一趟，干了四五个小时，磨得双手血肉模糊，终于把一名同学刨了出来。接着他又去寻找其他幸存者。

# 王 波

撤离断后顾全班，营救他人胸臆宽。
双手刨开砖石块，四名同学获平安。

王波，男，16岁，四川省绵竹市东汽中学高一学生。地震时，王波迅速拔掉墙上的电源，掰开已变形卡住的门，让同学全部撤出教室，他才最后离开。随后，他又投入救援中，先后在学校实验楼等废墟下，用双手刨挖砖石块，手臂被划伤，鞋子也被钢筋穿破，最终救出4名同学。

# 王 亮

自救成功又救人，顽强果敢铸青春。
多名同学免罹难，小伙皮开血淌身。

王亮，男，17岁，羌族，四川省北川中学高二学生。地震发生时，王亮和另外两名同学被水泥板压住。他发现前方有光亮，就和同学挣脱水泥板脱险。随后，他用手刨挖废墟，先后救出6名同学。营救同学时，他的背部严重划伤，一直淌血。

## 王　博

疏通出口速开门，抢救冲锋不顾身。
今日英雄班干部，明天优秀接班人。

　　王博，男，11岁，陕西省宝鸡市陈仓区拓石镇中心小学四年级学生。地震时教室剧烈晃动，班长王博迅速打开教室门，疏导同学撤离。这时，王博听到学前班教室里孩子的哭喊声，立即跟随老师冲进去，一个一个往操场抱，直到救出最后一个。

## 王　樊

大震来临意志坚，飞身抢救箭离弦。
勇从坍塌扬尘处，为友刨开一片天。

　　王樊，男，12岁，重庆市梁平县文化镇中心小学六年级学生。教学楼垮塌时，王樊跃向楼边的大树滑到地面。当发现垮塌处有人在呼救时，他转身冲进刺鼻的尘雾中，双手不停地刨，在迅速赶到的老师们的共同努力下，两名受伤同学得救了。

## 王　磊

瞬间冲上救人忙，同学安然已受伤。
小腿截肢肢体损，行为完美射华光。

　　王磊，男，12岁，甘肃省陇南市武都区桔柑学校四年级学生。地震时，王磊配合老师把学生疏散到操场。这时，有4位同学站在就要倒塌的围墙前，王磊箭步上前，用力将他们推开。同学们安全了，王磊却被塌墙压住腿，送往医院后，因左小腿粉碎性骨折，不得已进行了截肢。

## 王佳明申龙

组织撤离依序来，实施营救善安排。
转移同学代师职，不愧高三大小孩。

王佳明，男，18岁，羌族；申龙，男，17岁，羌族；都是四川省北川中学高三学生。面对地震，王佳明、申龙帮助老师组织同学快速而有序地撤出教室。随后他们又组织同学展开营救。为便于救助垮塌教学楼里的师生，他们安排了两条路：一条走担架，一条供救援人员进出，共救出20多名师生。第二天转移时，王佳明、申龙代替老师担任了临时班主任，带领同学们安全抵达目的地。

## 杨 琳

废墟下面护同学，患难结成生死情。
身负重伤苏醒后，暗中竭力找光明。

杨琳，女，14岁，羌族，四川省都江堰市聚源中学初二学生。地震中，杨琳被埋在一个狭小的空间里。利用这个空间她把两名同学推到安全地带，自己却被滚落的石头砸中，动弹不得，晕了过去。当她醒来时，发现废墟中透出一丝亮光。借着光亮，她把砖石挪开，勇敢又艰难地爬了出来，随即又昏倒在废墟上。

## 杨松尚

不选逃生选救援，断然抉择寸心丹。
拼将力气消耗尽，同学八名危转安。

杨松尚，男，17岁，羌族，四川省汶川县漩口中学高一学生。地震发生后，教室地板大角度倾斜，把杨松尚从一端滑到另一端。此刻，他没有选择逃生，而是不顾一切冲向掩埋同学最多的地方，狠命用手刨开碎砖，搬开压在同学身上的砖柱和桌椅，用尽力气刨挖，与老师和同学奋力救出8名同学。

## 何翠青

日常相处友情真，需挺身时敢挺身。
致命险情留自己，生还希望送他人。

何翠青，女，13岁，四川省青川县木鱼中学初一学生。地震发生时，已走出寝室的小何赶紧往外跑。她突然想到寝室内还有14位姐妹在午休，就毫不犹豫地转回身去呼叫。大家急忙下床往外跑。没跑多远，宿舍楼倒塌，小何和一些同学被困压。获救后，由于被埋时间太长，小何的右小腿发生坏死，被迫做了截肢。

# 宋 雪

做人美德记心间，紧急关头勇闯关。

视死如归捐性命，只求同学获生还。

宋雪，女，12岁，四川省绵竹市土门小学五年级学生。地震时，值周的宋雪立即把大家叫醒。督促大家跑出教室后，她透过窗户看见还有两名同学趴在桌上睡觉，就又冲进教室，将两名同学摇醒。两名同学跑出来了，走在最后的宋雪却在倒塌的教室门口遇难。

# 张春玲

单手艰辛羸弱身，毅然竭力救他人。

容残难掩心灵美，灾害面前情更真。

张春玲，女，13岁，四川省平武县石坎小学六年级学生。3岁时的一次意外，让张春玲面部重度毁容，左手截肢。地震时，正向校外跑的张春玲听到身后同学呼救，立即返身去救人。这个同学被楼板压住，张春玲怎么也抬不动，就捂住同学的头止血。另一名同学也在呼救，张春玲迅速赶过去把同学背到麦田边。然后，又找来几个同学，共同把压在楼板下的同学救出来。救援过程中，张春玲的肩膀被掉落的石块砸伤，鲜血流淌不止。

# 陈　浩

年少能将责任担，为人舍己好儿男。
肺伤骨折终无悔，幸运心头不自惭。

陈浩，男，12岁，四川省成都市温江区玉石乡实验学校六年级学生。地震中，陈浩跑到安全地带，看见身后有一名女同学站在一堵危墙前，就奋力跑过去将她推开。墙塌了，女同学逃过一劫，陈浩不幸被砸中，造成了下肢和腰椎骨折，肺部挫伤出血。但他却说："我不后悔。能救而不救，我肯定会感到惭愧。"

# 邹雯樱

机灵活泼善奔驰，劫难临头撤退迟。
为救同窗甘洒血，青春定格绽苞时。

邹雯樱，女，12岁，藏族，四川省汶川县映秀小学五年级学生。小邹任班长和学校少先队大队长，品学兼优，爱好体育，短跑曾在全县运动会上拿名次。地震发生时，她放弃了跑出去的机会，主动帮助老师组织同学撤离，自觉留在最后。为了返回去搀扶一位同学，楼塌后不幸遇难。

# 林　浩

机灵摆脱废墟埋，果敢救人砖瓦堆。
创造世间奇迹者，应含九岁小男孩。

林浩，男，9岁，四川省汶川县映秀镇渔子溪小学二年级学生。地震中，林浩在被埋废墟时，带领同学一起唱歌，战胜恐惧。爬出废墟后，发现一名昏倒的女同学，他立即把同学背到安全地带。紧接着，他又一次返回废墟，救出另一名受伤的同学。在抢救同学的过程中，林浩的头部被砸伤，手臂严重拉伤。

# 郑小鹏

空手救援难奏效，急中生智力增添。
速从匠铺寻工具，切断钢筋用大钳。

郑小鹏，男，13岁，四川省什邡市红白中学初一学生。地震发生后，郑小鹏与老师和同学用手刨开废墟上的砖块，抬起水泥板，努力营救同学。有个同学被埋在水泥板下面，水泥板里有钢筋，相互缠绕在一起，用手根本无法抬开。郑小鹏迅速跑到街上倒塌的铁匠铺，找来工具，切断钢筋，救出同学。

# 贾　龙

带伤敢向险中奔，被救生还又救人。
援助三名同学后，背师脱险谢师恩。

贾龙，男，16岁，四川省都江堰市向峨中学初三学生。地震中，贾龙被埋在教室废墟下。在别人帮助下，他坚强地爬出废墟，然后不顾伤痛去救援幸存者，先后救出3名同学，并将受伤的班主任老师背离危险地带。

# 童世强

平常看似普通孩，临阵冲锋起迅雷。
如此坚强新一代，兴邦后继有人才。

童世强，男，13岁，甘肃省礼县祁山乡中王小学六年级学生。地震时，童世强多次冲进摇晃的党支部活动室，先后救出7名学前班儿童。当他把最后一个孩子救出时，拱门墙倒塌。在童世强和他人的拼力抢救下，学前班32名儿童无一伤亡。

# 雷楚年

两回勇闯鬼门关，镇定扶危义凛然。
六位同窗均获救，只身巧甩恶魔缠。

雷楚年，男，15岁，四川省彭州市磁峰中学初三学生。地震逃离险境后，又两次返上二楼带领6名同学脱险。走在最后的小雷被垮塌的楼梯阻断了逃生之路，他机智地从窗外树上溜下。几秒钟后，整栋教学楼在他身后坍塌。

## 邓清清

身处废墟心不灰，且将课本再翻开。
书中自有神奇力，尽送光明温暖来。

邓清清，女，14岁，四川省什邡市蓥华镇中学初一学生。被埋在废墟下后，邓清清仍用手电筒照明看书，以此驱散黑暗，寻求温暖，战胜死神，终于被成功营救。

## 许中政

戏称暗里捉迷藏，鼓励大家休紧张。
同唱声高底气足，废墟下面国歌扬。

许中政，男，9岁，四川省都江堰市新建小学三年级学生。地震中许中政和一些同学被压在废墟下。他劝小伙伴们不要害怕，周围这么黑，就当在做游戏，看谁勇敢。他又带头和小伙伴们唱起国歌。歌声从废墟下传出，消防官兵听到后迅速赶来将他们救出。

# 何亚军

被埋绝境见胸襟，为友频频献爱心。
获救挥毫书感谢，平常两字胜千金。

何亚军，女，11岁，四川省北川县曲山小学五年级学生。地震中，何亚军和另一名同学背对背被压在废墟下。救援过程中，救援人员设法给小何送进矿泉水。小何忍着疼痛，伸臂后仰为压在下面的同学喂水达120多次。被救出后，在医院里，小何要了一张白纸，写了两个大字："感谢！"她笑着说，感谢从废墟中救她的叔叔。

# 卿静文

救援艰险费时光，重压煎熬痛断肠。
犹劝阿姨快离去，心怀博爱志坚强。

卿静文，女，17岁，四川省绵竹市东汽中学高一学生。地震把卿静文重压在教学楼夹道下，现场情况复杂，救援工作进展缓慢。经过两个小时，搜救队员清理出一个缺口，仅能探进去半个身子。当医护人员探身进去给卿静文注射止疼针时，她没有掉泪，而是忍痛说："阿姨快出去吧，这里太危险了！"

# 康 洁

小小年龄一女孩，跳楼脱险未逃开。
返身奋力将人救，智勇双全气势恢。

康洁，女，11岁，羌族，四川省汶川县映秀小学六年级学生。地震时，正在班里上课的康洁毅然从教学楼6层跳到菜地上，只有腿被划伤。脱险后，又冲到已经倒塌的楼前寻找被困同学和老师。康洁说："好多老师受伤了，我拼命把他们往外拖，也不知道救了几个。"

# 甯加驰

被压废墟遭折磨，救人自救智能多。
信心饱满励同学，领唱一支团结歌。

甯加驰，男，15岁，四川省都江堰市聚源中学初三学生。地震楼塌把他和一个同学困在一起。他双膝跪地，忍着左手被压的巨痛，用右手把同学拉在自己腹下的空隙里，安慰她不要害怕。为了激发意志，他又提议并带头唱《团结就是力量》，坚持到相继获救。

## 熊弼呈

机智逃离劫难中，救人无畏向前冲。
见伤用啥来包扎？血染领巾巾更红。

熊弼呈，男，13岁，羌族，四川省北川县禹里小学六年级学生。地震中，熊弼呈最后撤出教室时，楼梯已裂开大口，他就从二楼抱着树干滑到地面。得知另一座教学楼内有人，就冲进去，同一位老师刨开砖头，背出一位同学。他再次跑回救援现场，扯下自己的红领巾，为一位女同学包扎伤口，背着她跑向操场。

## 薛 枭

一句要求四面传，脱离险境逗人欢。
悲伤中国心坚定，"可乐男孩"态乐观。

薛枭，男，18岁，四川省绵竹市东汽中学高二学生。薛枭在废墟下被困80个小时。救援人员发现后，他坚持让救援人员先救被困在另一处的一位女同学。救援中，救援人员为了分散他的注意力，问他出来后想干什么，他说："叔叔，我要喝可乐，要冰冻的。"这句话，把救援人员逗乐了。电视直播出去，"可乐男孩"乐观，传遍当时正被悲伤笼罩着的中国。

## 段志秀

切开气管不能语，"我想读书"流笔端。
总理谆谆亲勉励，坚强少女泪潸然。

段志秀，女，16岁，四川省北川中学学生。被救后左腿截肢，气管切开，但这个顽强女孩没有流过一滴泪。2008年5月24日，温家宝总理到华西医院看望伤员，走到小段床前，无法说话的她就用笔在纸上写了"我想读书"四个大字。温总理随即写下一段话："昂起倔强的头，挺起不屈的脊梁，向前，向着未来，坚强地活下去。"捧着总理的字，泪水从女孩眼中涌出。

## 唐　沁

浑身重压废墟寒，输液管长头顶悬。
坚毅女孩开朗笑，一张照片广流传。

唐沁，女，10岁，四川省什邡市红白中心小学四年级学生。地震中，倒塌的校舍砸断了她的左腿，将她埋在废墟下。在长时间营救过程中，救援人员先在头顶上给她输液。她对来营救的叔叔阿姨微微笑着，笑得那么从容、坚强。这张微笑照片，被数百家网站转载，她也被誉为"最美微笑女孩子"。

## 张吉万

背妹强行只恐迟，踏平艰险显英姿。
负担超越年龄限，谱写亲情生命诗。

张吉万，男，11岁，四川省北川县漩坪镇南华小学学生。地震发生时，父母打工在外，小吉万背着3岁半的妹妹张韩，同年迈的爷爷奶奶一道，冒着余震、滚石的危险，在深山走了12小时，终于转移到安全地带。

## 任思雨

废墟下面不呻吟，唱首儿歌慰叔心。
声调轻微神镇定，频传生命最强音。

任思雨，女，6岁，四川省北川县曲山小学一年级学生。地震中被废墟掩埋，在解放军叔叔抢救的过程中，她唱起儿歌《两只老虎》，安慰叔叔们不要着急。

## 吴俊毅

年幼敢同灾难拼，超人胆量瞬间生。
废墟救母冲罗网，至爱蕴藏无限情。

吴俊毅，男，5岁，四川省青川县第一小学学前班儿童。地震发生，同妈妈从居民楼向下冲时，妈妈的双腿被瓦砾压埋。小俊毅奋力刨开瓦砾，救妈妈站起来，相互搀扶，冲出险境。

## 郎铮

三岁儿童重感恩，深情敬礼谢亲人。
幸离险境泰然笑，坚毅融于稚嫩身。

郎铮，男，3岁，四川省北川县一名儿童。在废墟中由解放军叔叔救出。躺在担架上，小郎铮强忍伤痛微笑着举起右手，向解放军叔叔敬礼。

## 谭千秋

岗位平凡信念坚，心怀大爱力无边。
临危箭步舍身上，铁臂张开撑起天。

谭千秋，男，四川省绵竹市东汽中学教导主任。地震来临时，他张开双臂趴在讲桌上，将4个学生牢牢地护在桌下。学生个个得以生还，谭老师却永远地去了。

## 向倩

引导撤离无惧颜，大多孩子获生还。
粉身碎骨不松手，留得豪情誉世间。

向倩，女，四川省什邡市前底镇龙居中学教师。地震发生后，正在上课的向老师镇定地引导学生有序撤离。看到还有几个学生，她又义无反顾地跨过去，这时教学楼轰然垮塌。次日，埋在废墟中的向老师被找到。只见她双手环抱，将3名学生紧紧拥在胸前，而身体已断为三截，人们怎么也掰不开她那紧紧搂着学生的双手！

## 张米亚

雄鹰摘翅护雏鹰，诠释光辉座右铭。
岂是偶然成巧合，为人师表铸心灵。

　　张米亚，男，四川省汶川县映秀镇小学教师。教学楼震塌时，他用雄鹰般的双臂紧紧搂护着两个孩子。孩子得救了，张老师却牺牲了。救援人员含泪将他已僵硬的手臂锯掉才救出孩子。他用生命诠释了最爱唱的一句歌词，也是他的座右铭："摘下我的翅膀，送给你飞翔！"

## 苟晓超

只身埋在废墟间，换得众多生命还。
"快救学生"成警句，永留豪气荡人寰。

　　苟晓超，男，四川省通江县永安坝村小学教师。地震时，三次从楼上抱下5个学生脱险，自己却被垮塌的楼体砸压。当有人来救援时，他断断续续喊出最后一句话："我……恐怕……不行了，快……快……救学生！"获救后，在送往医院途中闭上了双眼。

## 张辉兵

身距生还一步遥，心甘屹立护苗苗。
园丁平日颇文雅，紧要关头命可抛。

张辉兵，男，四川省什邡市红白中学教师。地震发生时，张老师正在讲台上讲课，离教室门只有一步之遥。他没有逃离，而是立即把教室门拉开，将学生一个一个往外推。送出10余名学生后，整幢教学楼倒塌，张老师牺牲在楼内。

## 吴忠红

一心只顾救他人，忘却危机迫自身。
生命谱成歌一曲，满腔热血壮忠魂。

吴忠红，男，四川省崇州市怀远中学教师。地震时，正在上课的吴老师跑向楼道护送多数学生顺利脱险。发现还有同学未出来，吴老师又返身冲向猛烈摇晃的教室，被淹没在轰然倒塌的楼体中，临终前还抱着两个学生。

## 王光香

一个心思抢幼童，七回猛向死神冲。
无私境界育无畏，大爱情怀唱大风。

王光香，女，四川省江油市武都镇五通村幼儿园教师。地震袭来，正在二楼教室上课的王老师，不畏坍落的碎石，一手抱着一个孩子往楼下院里跑，然后再冲上楼抢救。第一次，第二次……当她第七次冲进教室时，墙体崩塌。救援队赶到，发现王老师蜷曲着身体用后背顶住垮塌的水泥板。怀里的两个孩子安然无恙，王老师则永远合上了双眼。

# 叶志平

校长高瞻有眼光，两千学子免遭殃。
平时练就真功力，横祸乖乖叩首降。

叶志平，男，四川省安县桑枣中学校长。平时坚持防震教育和训练，地震发生后，全校2300名师生只用了1分36秒就全部从教学楼撤向操场，无一伤亡。

# 经大忠

组织乡亲城外冲，废墟堆里救儿童。
死亡线上来回跑，大爱情怀写大忠。

经大忠，男，四川省北川县县长。地震发生时，经大忠正在召开一个包括上百名中小学生在内的500人的会议。他立即组织先撤离学生，8分钟后才带着干部跑出濒危的会场。接着，马上组织干部把群众往城外转移。此后一直冒着余震危险奔波在第一线，三天三夜没合眼，顾不得自己的亲人有4位遇难，从废墟中亲手救出5名孩子。

## 瞿永安

泪奠亲人磕个头，身心全向抗灾投。
七天七夜奔波急，瓦砾堆中仔细搜。

瞿永安，男，四川省北川县县委常委、副县长。地震使他的妻子、父母、岳父岳母、侄儿、侄媳等10位亲人埋入废墟。他洒泪向亲人磕个头，然后直起身立即投入组织抗灾救人的战斗中，七天七夜拼尽全力，抢救被困者难以计数。

## 王洪发

不顾亲情救众人，毅然抉择见精神。
平民性命比天大，公仆心头铭记真。

王洪发，男，羌族，四川省北川县民政局局长。地震后10分钟就开始救人，当天从废墟中刨出12条生命，接着又组织群众转移，为群众找食品、筹衣被，昼夜奔走呼号。对自己的亲人却顾不上营救，儿子等15位亲人遇难。

## 舒　云

手心手背俱多情，忠孝之间难择行。
未孝双亲儿内疚，尽忠告慰在天灵。

舒云，男，四川省青川县石坝乡党委书记。地震发生后，舒云带领全乡干部奋力救灾，坚持同受灾群众在一起，而家中的父母从受伤到去世再到下葬，他都顾不上回去看一眼。作为一个基层党员干部，舒云在忠孝难以两全时，选择了对全乡群众的忠诚，一再内疚自己"不孝"。

## 赵忠兴

危急关头豁出来，透支精力展奇才。
两番晕倒又爬起，"接着干"声宏若雷。

　　赵忠兴，男，四川省青川县木鱼镇党委副书记、纪委书记。地震时，镇党委书记和镇长在县里开会，赵忠兴立即同党委其他同志一道，调集数百名党员和群众，赶赴全面坍塌的中学，从废墟中抢救出大批师生。由于日夜连续战斗，劳累过度，两次晕倒。救醒后，他站起来的第一句话就是："接着干！"

## 王婉民

地裂山崩房屋摧，家园美景废墟埋。
人心不散党心在，再竖鲜红支部牌。

　　王婉民，女，四川省都江堰市向峨乡爱莲社区党支部书记。灾难发生后，王婉民立即召集同事，组织居民忙着从废墟下救人。母亲遇难，她顾不上料理，难过时就狠狠抓挠自己，胸前抓下一道道深深的血痕。她从废墟中找出爱莲社区党支部的牌子，重新竖了起来。她说，要让社区2000多人都知道，地震没有震垮党支部。

## 曹代成

救灾行动敏如风，忘我心头唯有公。
百姓安全转移走，亲情埋在废墟中。

曹代成，男，四川省绵竹市广济镇仁贤社区党支部书记。面对突然袭来的地震灾害，他来不及多想，立即冒着生命危险，沿街狂奔，组织转移，把居民全部引导到安全地点，自己的母亲、妻子和仅一岁半的孙儿，却被垮塌的房屋掩埋。

## 龙德强

强忍失亲悲痛摧，人民公仆记心怀。
临危振臂一声吼，"向我看齐跟我来！"

龙德强，男，藏族，四川省汶川县银杏乡沙坪关村党支部书记。地震让他失去了妻子、大哥、大嫂等4名亲人。但他强忍悲痛，挥臂高呼："是共产党员的，给我站出来！向我看齐，跟我来！"冒着余震和塌方的危险带领全村500余名群众全部安全转移。

## 柴桦林

奋身入洞闯浓烟，烈火熊熊只等闲。
维护救灾生命线，从容冒死赴刀山。

柴桦林，男，西安铁路局略阳工务段马蹄湾桥路车间副主任。地震时，柴桦林管辖区宝成铁路109号隧道内一列货车脱线着火，而隧道内的12节油罐车装载着500多吨汽油随时都有爆炸的危险。关键时刻，柴桦林顶着熊熊烈火掀起的热浪和浓烟，冒着生命危险，只身进入隧道察看，掌握了第一手资料，为灭火和抢修隧道创造了条件。

## 邱光华

峡谷幽深浓雾迷，拯民水火勇穿飞。
一腔热血青山洒，千载英魂扬国威。

邱光华，男，羌族，成都军区某陆航团特级飞行员。地震发生以来，由他率领的机组开着一架直升飞机，冒着谷深雾大气象复杂的不利条件，到灾区飞行63架次，运送物资7.3吨，抢救伤员54人。5月31日，在执行任务中飞机失事，邱光华等机组人员全部遇难。

## 许 勇

领兵星夜向前开，强忍亲儿病逝哀。
心急火燎牵挂啥？乡亲正困废墟堆。

许勇，男，成都军区某军军长。地震后，强忍儿子病逝悲痛，冒着余震，率50名官兵星夜向同外界失去联系的映秀镇艰难跋涉，成为到达震中救灾的第一位将军。

# 王　毅

震中被困进军难，全国揪心惦汶川。
舍命打通生命线，救援抢在死神前。

王毅，男，武警某师参谋长。地震使震中汶川道路、通信破坏，与外界隔绝，援军进不去，灾民救不出。在万分危急的情况下，王毅奉命率兵徒步冒险挺进，历尽艰辛，于震后33小时首抵汶川县城，及时展开抢救。

# 李振波

热血男儿奔险途，阵前奋笔写遗书。
高天缺氧雾浓密，勇闯禁区前例无。

李振波，男，解放军某部大校。在没有地面导航的情况下，冒着缺氧和浓雾，率15名写了遗书的官兵从5000米高空伞降到茂县。至此，地震后同外界隔绝的最后一座孤城被解救。

# 余志荣

每从故土上空经，惦念亲情真想停。
深感军人天职重，国家就是大家庭。

余志荣，男，成都军区某陆航团团长。他的老家在汶川县龙溪乡联合村，是重灾区，家中还有父母和弟妹。为了救灾，余团长多次从家乡上空飞过。他说："每一次飞过我的村庄，都想下去看看亲人们还在吗。每个人都有家，但军人自有军人的天职，祖国这个大家庭，此时更需要我。"

## 严情勇

背上沉沉运老乡，腹中巨痛不声张。
终于晕倒才发现，病毒几乎穿透肠。

严情勇，男，成都军区某部战士。地震发生后，严情勇所在部队到安县高川镇营救被困群众。背着物资进山，背着伤员出山，连续3昼夜，强行25趟后，严情勇突然晕倒。送往医院抢救时，才发现他是忍着迫近肠穿孔的巨痛坚持下来的。

## 荆利杰

徒手飞身瓦砾中，坚持刨救血殷红。
面临余震墙坍塌，跪地哀求再去冲。

荆利杰，男，四川省绵竹市消防中队战士。地震发生后40分钟，该中队赶到受灾严重的武都小学营救。没有器材，小荆第一个冲向瓦砾，同战友一起用手刨，手掌出血，也没停顿。余震袭来，墙体又在垮塌，指挥部命令快撤，战友把小荆用力拉到安全地带。小荆听到废墟中还有个男孩在呼救，他跪在地上哭着大喊："求求你们，让我再去救一个！"

## 牛玉新

临危舍己不含糊，三次救人冲废墟。
上百老乡红手印，印成鲜艳请功书。

牛玉新，男，成都军区某炮旅汽车营排长。牛玉新带兵在江油市大康镇旧县村帮助救灾时突然余震发生，一个村民眼看要被压在危房中，牛玉新立即跑上去把他背出来，又返身冲上去把一个孩子抱开，这时，危房轰然倒塌。牛玉新又和一名战士上去查看是否还有人，围墙也突然垮塌，向战士压去，牛玉新一把推开战士，自己被砸伤当场昏迷过去。全村村民闻讯赶来，在村支书为牛玉新拟写的请功书上按下138个鲜红的手印。

## 袁世聪

三过家门步未停，忍看瓦砾葬亲情。
泪流满面心存愧，无愧人民子弟兵。

袁世聪，男，四川省青川县人民武装部部长。地震后不到20分钟，袁世聪就带领全城第一支救援队伍开始救人。当他得知自己的母亲和侄女被埋家中后，三次路过她们被埋现场，却都因为任务紧急无法停留。事后，想起两位遇难亲人，袁世聪内心愧疚不已，泪流满面。

# 蒋　敏

骨肉亲情瓦砾埋，坚持战斗不徘徊。
几番晕倒眼蒙黑，胸有光明何惧哉！

　　蒋敏，女，羌族，四川省彭州市公安局民警。地震中，母亲、女儿等10名亲人遇难，她强忍悲痛，一直坚守在抗灾一线，多次昏倒在现场。

# 蒋晓娟

六天未见亲儿面，轮哺嗷嗷九幼婴。
岂是当妈心太狠，救人危难最多情。

　　蒋晓娟，女，四川省江油市公安局民警。顾不得吃奶的亲生子，六天六夜坚守在救灾第一线，轮番哺乳了九名失去母亲或因母亲受惊断了奶水的婴儿。

# 伍　豪

公安交警管交通，疏导车流守要冲。
咫尺之间垂泪望，明知妻陷废墟中。

　　伍豪，男，四川省安县公安局交警大队副中队长。地震中，伍豪在北川的妻子等4位亲人不幸遇难。而他负责的正是安县通向北川的一段公路的畅通。站在大桥前，他疏导千百台车辆通过这条救援北川的生命线，忍痛不离岗，一干就是四天四夜。直到17日，伍豪才找到埋葬妻子的地方，挥泪说："我对不起你啊！"

# 王　刚

紧急扶危不顾身，敢于冲上献青春。
平时默默一公仆，生死关头成巨人。

王刚，男，四川省汶川县卧龙特别行政区森林公安局副局长。5月16日，王刚带领民警承担直升飞机停机坪警戒任务。突然，他发现一位在飞机旁摄影的女记者处境极为危险，便奋不顾身上前抢救，不幸被飞机尾翼击中，壮烈牺牲。

# 卢世璧

请缨一线逞英豪，医术高明德更高。
救治精心连轴转，忘怀耄耋运神刀。

卢世璧，男，解放军总医院骨科学教授、中国工程院院士。地震发生后，卢老立即要求到一线去。院领导考虑到他曾患过癌症，已是79岁高龄，劝他留下。这位曾参加过邢台、海城、唐山大地震救灾的骨科泰斗激动地说："我有治疗经验，我不去谁去！"到了成都军区总医院，卢老每天要治疗100多名伤员，经常一干就是12小时以上，解决了很多难题，挽救了很多生命，保全了很多伤者的肢体。

## 黄显凯

自报家门争主刀，迎难而上显崇高。
为民胆敢赌生命，岂是先将胜券操！

黄显凯，男，第三军医大学大坪医院赴德阳救灾医疗队教授。5月14日，医疗队接到一名救援队重伤员，必须立即手术。而这时，手术台上正在做手术。怎么办？黄教授立即要求冒险启用位于12楼的另一手术室。有人说有余震，太危险。黄教授说："战士搜救人民群众不危险吗？"谁来主刀呢？黄教授又说："我是党员，我主刀！"医护人员被感动了，当即共同赌上命，精心完成了这台手术。

## 童强陈徽军

夫妇奔波战地医，互通短信定家规。
一方若是牺牲后，存者坚持不撤离。

童强，男；陈徽军，女，解放军驻沪第85医院抗震救灾医疗队中的一对夫妻。童强是外科医生，陈徽军是医疗队教导员。5月15日，这支医疗队在什邡市开设了野战医院。他们冒着余震，紧张地工作，陈徽军还患有严重的腰腿痛疾病。一天晚上，夫妻俩在短信中定了三条家规，第三条是："万一我们中有一个不幸遇难，另一个一定要继续战斗在灾区，并履行赡养双方老人的义务。"

# 王 丽

誓把病房当阵前，震魔肆虐志犹坚。
频频迎接新生命，敢向天灾将战宣。

王丽，女，四川省彭州市妇幼保健院医生。地震发生时，她从办公室冲向手术室，带领护士把两个产妇转移到院子里。不到10分钟，产妇杨美容开始剧痛，必须马上进行剖腹产。王丽又带领4名医务人员抬着产妇冲进手术室，在强烈余震下操刀手术，使婴儿顺利降生。此后6天里，她冒着不断的余震，做了17台手术，接生了36名宝宝。

# 黄 琼

三天痛失七亲属，百位伤员脱险情。
手术台前电源断，提灯天使送光明。

黄琼，女，四川省绵阳市中医院手术室护士长。地震后短短3天，黄琼失去了7位亲人。然而，她没有被噩耗击倒。为了使伤员尽快脱险，她强忍悲痛，全身心投入工作，配合医生成功完成100多例手术。手术室停电，她就提着灯照明，一站就是好几个小时，伤员们亲切地称她为"提灯天使"。

## 张泉灵

涉险排难向上冲，争分夺秒展雄风。
及时准确鲜明报，凝聚民心立大功。

张泉灵，女，中央电视台记者。5月13日，张泉灵挤上拉萨飞往成都的第一班飞机，于14日赶到都江堰现场报道救人场面。她说："我被指定在一个巴掌大的位置，只能说话不能动……很危险。""15日，我们跟着部队徒步奔向震中，行进的路，有时候我觉得比在珠峰还难。"像张泉灵这样的广大新闻工作者涉险排难，争分夺秒奔波在第一线，及时准确鲜明地报道了一幕幕抗震救灾的感人事迹，对凝聚人心，激发民族精神起了极大作用，向全世界昭示了中国震不垮，胜利属于英雄的中国人民。

## 陈光标

第一时间千里行，解囊救助不留名。
尊卑不在钱多少，贵与平民有感情。

陈光标，男，江苏省黄埔再生资源利用公司董事长。地震后第二天上午，陈光标就乘飞机到了灾区，沿途救济灾民。48小时内，他的60台工程机械也赶到，成为第一支抵达灾区的民间救援队。陈光标及其公司还给灾区捐款785万元。

## 宋志永

日夜兼程奔四川，助人瓦砾获生还。
"当年遭难八方救，今日焉能袖手观！"

宋志永，男，河北省唐山市玉田县八里铺村"宋志永爱心志愿小分队"队长。地震发生当晚，宋志永就离开家，一路上打的、租摩托，14日早晨就赶到北川县城，立刻展开救援。本村12名村民随后赶来，他即组队救援，共救出25名幸存者。宋志永说："当年我们遭灾时，四面八方的人都来救援。现在四川遭了灾，我们决不能袖手旁观！"

## 李青松

被困废墟超百时，成功获救赖坚持。
感恩志愿赴前线，生命谱成歌一支。

李青松，男，四川省什邡市蓥华镇青年，地震被困者、获救者、志愿者。他在废墟下被掩埋达104小时，镇定坚持，创造了生命奇迹。获救后休息了几天，就要求当了志愿者，跟着部队为灾区百姓抢修生产基地。

二〇〇八年五月

# 游榆社云竹湖

青山围岸矗，鸣鸟绕船翔。
谁把西湖水，尽情移太行？

二〇〇八年六月

# 北京奥运会中国金牌得主（五十一首）

2008年8月8日至24日，第29届奥林匹克运动会在北京举行。中国为把北京奥运会办成有特色、高水平的奥运会作出了巨大努力，赢得了国际社会的广泛好评。中国代表团取得51枚金牌的优异成绩，第一次名列奥运会金牌榜首。

## 陈燮霞

女子举重48公斤级

北京奥运报佳音，一举成功先摘金。
旭日温馨霞瑰丽，红旗鲜艳映红心。

在8月9日北京奥运会首日比赛中，陈燮霞为中国军团夺得第一枚金牌，并破了该项目的奥运会纪录。赛后，陈燮霞用手机发表了博客："感谢所有的人"，在很短时间内浏览量就突破百万，网友回复达1.8万条。

# 庞　伟

男子射击10米气手枪

射击英豪任在肩，一天悲喜两重天。
首金巾帼虽旁落，顶压男儿又向前。

在射击场，当女选手杜丽在夺取北京奥运会的首枚金牌失
利后，第一次参加奥运会的小伙庞伟顶着巨大压力，以平稳的心
态，为中国射击队夺得首枚金牌，也是中国代表团的第二枚金
牌。雅典奥运会这个项目的冠军王义夫无法亲自上场卫冕，弟子
庞伟却在他的关注下圆梦北京。

# 郭文珺

女子射击10米气手枪

暂时落后不消沉，镇定赶超终夺金。
若欲胜人先胜己，每逢关键必精心。

8月10日，在该项目决赛中郭文珺勇夺金牌，是中国射击队
的第二金，也是中国军团的第三金，维护了中国射击在这个项目
上的优势，并且打破了这个项目的奥运会纪录。资格赛中，郭文
珺曾落后于俄罗斯名将帕杰林娜，但在决赛中毫不心慌，精心应
对，从容夺冠。

## 郭晶晶吴敏霞

女子跳水双人3米跳板

绝代双娇舞倩姿，九天仙女下凡时。
稳操胜券无悬念，一任舒心激赏之。

郭晶晶、吴敏霞在决赛中，以343.50的高分夺得金牌，比第二名高出20多分。这块金牌，没有悬念，观众不必捏一把汗，尽可放心去欣赏。二人起跳有力，动作协调，难度高，入水轻，勘称绝代双娇。

## 冼东妹

女子柔道52公斤级

柔道妈妈三十三，此番复出易何谈。
神奇卫冕续神话，汗水之中泪水掺。

四年前的雅典奥运会后，冼东妹退役，有了家庭和孩子。奥运会在北京召开，又激起了她复出念头，经过艰苦努力，终于卫冕了她的雅典冠军，成为中国奥运史上第一个"冠军妈妈"。赛前冼东妹说："感觉亏欠家庭和女儿太多。"金牌到手，弥补了这个亏欠。

# 龙清泉

男子举重56公斤级

举杠回回重若轻，挺胸屹立获殊荣。
金牌璀璨光芒射，原是多年汗结晶。

龙清泉，这个首次参加国际大赛的苗族小伙子，就以17岁的年龄成为举坛新的王者，捧回中国追求了24年的男子举重56公斤级金牌。小龙人小志大，"举出世界，举出未来"是他的座右铭。为此，他平时一丝不苟地刻苦训练，终于如愿以偿，变成一条地地道道的腾飞之龙。

# 林跃火亮

男子跳水双人10米跳台

年轻小伙共挑梁，献艺风流水立方。
动作高难心态稳，弯弯月亮闪华光。

林跃，17岁；火亮，19岁。他们以难度和稳定并重，夺得金牌，是继田亮、胡佳之后中国跳水梦之队又一双年轻的男子组合新星。这一对"月亮组合"，在蓝蓝的水立方映衬下，凌空飞舞时，宛若弯弯的新月缀空，太美了。

## 陈艳青

女子举重58公斤级

提铃上挺敏生风，一气呵成立若松。
举到后来无对手，重头好戏演从容。

陈艳青，第三次复出的29岁举坛老将，决赛中轻松战胜所有对手，为观众表演了一场完美的"独角戏"。她打破了挺举和总成绩两项奥运会纪录，卫冕了雅典奥运会冠军头衔，也是奥运史上首位蝉联冠军的女子举重运动员。

## 张湘祥

男子举重62公斤级

六百多斤抓挺擎，一声大吼起雷霆。
成功背后谁常伴？俯首深情吻杠铃。

张湘祥曾是雅典奥运会夺冠的热门人物，不料当时一场医疗事故让他与死神擦肩而过，无缘出征雅典。张湘祥没有放弃，继续刻苦训练，终于在北京奥运会圆了冠军梦。赛后，他俯首深情亲吻天天陪伴他的杠铃，表达心中的谢意。

# 邹凯 杨威 肖钦 李小鹏 黄旭 陈一冰

## 男子体操团体

出操健美吊环奇，绕杠撑鞍马上飞。
各显神通演完美，万人瞩目捧金归。

这是继悉尼奥运会之后，中国体操以绝对优势夺回属于自己的桂冠。经历了雅典惨败的中国体操男队，以一种史诗般的方式归来，开始了自己的重新征服。这是中国代表团的第10枚金牌，用十全十美来诠释可谓恰如其分。

# 陈若琳王鑫

## 女子跳水双人10米跳台

鑫琳组合燕双飞，心有灵犀下翠微。
入水无声波浪小，悠然轻取重金归。

这一对16岁的女子组合，续写了中国队在这个项目上的优势。决赛中，超过第二名近20分，轻松夺冠，为观众上演了一场配合默契，动作优美的空中舞蹈。

# 仲 满

### 男子击剑个人佩剑

邀来法国大专家，战胜明星尼古拉。
体育无疆方显大，交流放眼向天涯。

仲满，这个初出茅庐的后生，在击剑场上连"斩"五将，夺得中国男子击剑在奥运历史上第一枚金牌，成为一名真正的黑马。有趣的是，决赛中，仲满对阵法国高手尼古拉，而仲满的教练鲍埃尔正是法国人。师徒两人赛后紧紧拥抱在一起，共贺跨国交流的胜利。

# 廖 辉

### 男子举重69公斤级

布阵双双保冠军，赛中跌宕起风云。
迷离扑朔历惊险，扭转乾坤尚赖君。

赛前，中国队在这个项目上安排了双保险。赛中，老将石智勇因伤退出，小将廖辉只身担起了夺冠的大任务。在首次抓举和挺举都失败的情况下，他顶住压力，沉着应战，终于登上最高领奖台。

# 邓琳琳 江钰源 何可欣 李珊珊 杨伊 琳程菲

女子体操团体

才闻胜利属男团，又见红妆捷报传。
休笑丫头肩膀嫩，不背包袱任飞旋。

由六朵金花组成的中国女子体操团体，在主场作战，以超出第二名2分以上的绝对优势首次夺得奥运会冠军，让霸主美国队输得心服口服。六个小丫头，大部分是"90后"，五个是首次参加奥运会。

# 陈 颖

女子射击25米手枪

速射功夫称一流，酒窝挂脸乐悠悠。
心无旁骛神专注，不夺金牌不罢休。

陈颖射击功夫硬，心理素质尤佳。别看她总是笑眯眯的，比赛起来可不含糊。在落后的形势下，她气定神闲，上演绝地反击，一举夺冠。关键时刻冲得上、顶得住，方显英雄本色。

# 王峰秦凯

### 男子跳水双人3米跳板

高难动作较难求，稳定发挥亦占优。
默契腾离三米板，绽花入水水花羞。

鉴于雅典奥运会上曾出现过"零分一跳"的重大失误，使金牌得而复失。北京奥运会上，王峰、秦凯不求高难，以稳取胜，一路领先，直到夺冠。竞技场上，求稳还是求难，要因人而异，因时而异，以取胜为原则。善于审时度势，也是人生的法则。

# 刘春红

### 女子举重69公斤级

浑然不觉杠铃沉，足见姑娘功力深。
举重若轻心态稳，闲时爱弄绣花针。

刘春红六次出场，五次打破世界纪录，领先对手31公斤夺冠卫冕，被人称作"最强女力士"。无与伦比的实力使她在赛场举重若轻。有趣的是，在偶有闲暇时，她竟然爱玩举轻若重的绣花针。

# 刘子歌

女子游泳200米蝶泳

泳坛谁可继阿罗？不必杞人忧虑多。
蝶后欣然浮出水，浪花溅起一池歌。

　　雅典奥运会，罗雪娟为中国夺得游泳项目唯一一块金牌后退役。北京奥运会谁来继承罗雪娟成为人们关注的焦点。刘子歌，这个陌生的19岁姑娘，不负众望，一鸣惊人，在200米蝶泳中夺冠，并且打破世界纪录，轰动了水立方。这位沉稳的姑娘赛后说："我没有什么压力，心态很放松，只想尽全力去拼。"

# 杜　丽

女子射击50米步枪三姿

首日出征包袱沉，发挥走样好揪心。
忘怀得失轻装上，又见神枪重夺金。

　　四年前的雅典杜丽为中国夺得首枚金牌时，笑得多么灿烂。五天前，北京奥运首日赛，她丢掉了首枚金牌，哭得多么凄惨。今天，将金牌稳稳收入囊中，她又笑了，笑得和四年前一样灿烂；又流泪了，但这一次的泪水属于胜利。

# 杨 威

## 男子体操个人全能

擅长某项不为奇，样样精通世所稀。
男女双团方折桂，全能宿将又扬威。

杨威，终于扬威。这位28岁的奥运会三届元老，在男子体操个人全能项目上一举夺金正了名。前两次参加奥运会全能比赛，一次憾获银牌，一次跌落单杠，名落第七。这一次在家门口征战，四年前的泪水终于换成今天的荣光。

# 张娟娟

## 女子射箭

我自弯弓势必擒，何忧强手立如林。
等同技艺谁操胜？欲中靶心凭信心。

经过24年漫长的奋斗与期待，张娟娟终于为中国摘得女子射箭首枚金牌，实现了金牌零突破，打破了韩国选手在这个项目上的长期垄断。

# 杨秀丽

女子柔道78公斤级

四轮"一本"任通行，决赛始逢高手拼。
难靠积分分胜负，终凭表现定输赢。

　　杨秀丽在连续四个"一本"轻松斩将后，决赛中遭遇到最顽强的抵抗。她在眼睛意外受伤的情况下一直坚持厮杀。双方加时苦战依然难分胜负，最终裁判判定杨秀丽进攻积极而夺冠。

# 曹　磊

女子举重75公斤级

欲看好戏耐心等，几次轮空始出台。
壮举写成新历史，女儿满贯揽金回。

　　曹磊，决赛中六次举杠三次打破奥运会纪录，让对手望尘莫及。她从69公斤级升到75公斤级夺冠后，填补了中国女举在奥运会各个级别冠军的最后空白，实现了大满贯。这位美女力士说："我当然爱漂亮了，奥运会后我要好好减肥。"

# 佟　文

### 女子柔道78公斤以上级

顺利通关一路来，濒临绝境显奇才。
心怀必胜身多劲，电闪雷鸣折桂回。

佟文一路过关斩将，所向无敌，决赛时却遇到了麻烦：还剩最后20秒了，佟文还落后于对手。佟文拼了，每一秒都在寻找机会。突然，她抓住对手，身形一扭，将对手背摔在地，实现了惊天逆转，决胜的时间定格在倒计时14秒。

# 陆　永

### 男子举重85公斤级

中华力士矗山峦，痛快淋漓惊举坛。
八五公斤高级别，还凭小将勇收官。

陆永在男子举重大级别上夺冠，是中国举重的历史性突破，而且举起了新的世界纪录，为中国举重队完美收官。中国举重队在北京奥运会勇夺8枚金牌，这将在奥运史上写下浓墨重彩的一笔。

# 杜婧 于洋

女了羽毛球双打

宿将冲金半路输，新人继续拓通途。
长江后浪推前浪，老少传承道不孤。

中国羽毛球队头号女双杨维、张洁雯半途意外被淘汰后，人们才把目光投向以前毫不起眼、一路杀入决赛的小将杜婧、于洋。杜、于二人不负众望，2比0击败曾经战胜过自己的韩国劲旅，演绎了一场老少传承的夺冠之路。

# 张 宁

女子羽毛球单打

涉险冲关喜伴忧，汗珠流罢泪珠流。
沙场老将心无老，羽不惊人死不休。

33岁的老将张宁，用一场场艰险的胜利冲入决赛，出人意料地战胜一号种子选手谢杏芳，为自己的职业生涯画上了圆满句号。张宁跪倒在地，喜极而泣。她是奥运史上首个成功卫冕的羽毛球单打冠军。

# 邱 健

### 男子射击50米步枪三姿

收金意外似乎神，谁念悠悠十七春。
馅饼终非天上掉，良机偏爱克勤人。

最后一枪，原来遥遥领先的美国选手埃蒙斯大失水准，名次跌落，邱健则跃居榜首。这其中有意外，又不完全靠意外，主要还靠邱健自己关键一枪打出了10环。而这瞬间的10环，同他从事射击17年的漫长苦练，密不可分。

## 唐宾 金紫薇 奚爱华 张杨杨

### 女子赛艇4人双桨

跻身欧美列强中，沉稳操持不露锋。
待到艇身将闯线，后来居上数飞龙。

在一直落后的形势下，依靠最后强有力的冲刺，四个中国姑娘战胜了实力雄厚的英国队，打破了欧美对赛艇的垄断，为中国夺得历史上第一枚奥运会赛艇金牌。请记住四位姑娘的名字吧，她们是：唐宾、金紫薇、奚爱华、张杨杨。

# 王 娇

女子摔跤自由式72公斤级

一身朝气志刚强，凌厉进攻攻代防。
手敏身灵金到手，王娇无愧女跤王。

王娇只用了不到两分钟，就以压倒性的优势把三年无败绩的保加利亚名将兹拉特娃从王座上拉下，成为新跤王。这位性格豪爽，浑身是劲的20岁的假小子说："观众越多越兴奋，越喊加油越来劲！"

# 邹 凯

男子体操自由体操

老将纷纷失重心，笑看小伙巧收金。
若无实力奠基础，幸运之神肯降临？

在对阵老将纷纷失误的情况下，邹凯用一套完美无缺的动作夺得金牌。看似意外，其实必然。超过16分的高分正是他实力的见证。在自由体操从中国传统优势项目名单上失落16年后，邹凯续写了辉煌。

# 肖　钦

### 男子体操鞍马

落马不悲知自勉，任由汗水把身腌。
饱尝训练煎熬苦，更觉夺金滋味甜。

四年前雅典落马后，肖钦并没有悲伤消沉，而是以更加刻苦的训练迎接北京奥运。功夫不负有心人，肖钦用飘逸舒展的表现征服了裁判，夺得最高分。回顾四年来的履迹，肖钦深有感触地说："我比任何一个对手练得都多。"

# 张怡宁　王楠　郭跃

### 女子乒乓球团体

中国姑娘气势恢，过关斩将起风雷。
单拼双打连连胜，携手荣登金奖台。

这是奥运史上乒乓球首枚团体金牌，中国队当然不会让它旁落。三个世界顶尖选手集体上阵，3比0直落对手。雅典奥运会，中国共获32金，超越雅典的第33金由国球来实现再合适不过了。

# 林 丹

男子羽毛球单打

无愧全球第一名，进攻凌厉鬼神惊。
奋身夺冠欢声动，答谢且将军礼行。

林丹一直说，他缺的就是一块奥运金牌。北京奥运会，他以秋风扫落叶般击败马来西亚名将李宗伟，夺得羽毛球男单冠军，圆了美梦，也为羽毛球的收官之战画了一个完美的句号。中国队五金夺三，成绩优秀。

## 郭晶晶

女子跳水3米跳板

凌空飞跃舞娉婷，笔直穿池入水轻。
少女温柔身袅袅，金牌光泽亮晶晶。

实至名归的跳水女皇，十分完美的卫冕一跳。奥运会四朝元老郭晶晶依然所向披靡。不过她不是挥舞利剑，而是以似水的柔情动人心弦。她把美留给了水立方，留给了观众，留给了历史。

# 陈一冰

## 男子体操吊环

浑身是力显阳刚，苦练艰辛路漫长。
大器晚成"冰十字"，翻腾完美吊环王。

自从李宁在1984年夺得一枚奥运吊环单项金牌后，中国人就再未获得这一荣誉。时隔24年，人们终于看到，24岁的陈一冰以一套堪称完美的动作，再次为中国夺得奥运会吊环金牌。以他名字命名的"冰十字"表演，赢得全场热烈的掌声。

# 何可欣

## 女子体操高低杠

舒展翻飞流彩云，婀娜神态艺超群。
高低杠上立公主，舍我其谁诚可欣。

享有"高低杠公主"美誉的中国16岁小花何可欣，经历了一场惊心动魄而又精采绝伦的决赛，终于艳压群芳，胜利夺冠。何可欣训练刻苦，敢啃高难"硬骨头"，练就一身真功夫，倒立起来比站着还直。

# 何雯娜

## 女子蹦床

凌空飞舞美阿娇，节奏分明动作飘。
一蹦登峰非易举，十年寒暑梦今宵。

19岁的姑娘何雯娜，决赛中顶着重压，不畏强手，以优美的姿态、高飘的动作和协调的节奏，为中国勇夺首枚奥运会蹦床金牌。

# 王皓　马琳　王励勤

## 男子乒乓球团体

王皓马琳王励勤，国球高手卷风云。
梦圆奥运梦之队，横扫千军夺冠军。

继中国乒乓球女团夺冠之后，中国乒乓球男团又问鼎，国球"梦之队"宣告圆梦。决赛以3比0完胜德国队后，总教练刘国梁说：团体金牌分量最重，它代表了中国队的整体实力，志在必得。

# 李小鹏

### 男子体操双杠

雅典阴霾一扫空，带伤撑杠气如虹。
八年辛苦得回报，奥运摘金重建功。

从悉尼的两金，到雅典的零金，再到北京的双金，李小鹏这个奥运会的三朝元老，实现了人生的一次轮回。体操男团冠军和双杠个人冠军，让李小鹏以16枚世界大赛金牌、4枚奥运会金牌的成绩超越李宁，开创了中国体操个人金牌的一个新时代。

# 邹　凯

### 男子体操单扛

初征奥运捧三金，稚嫩容颜大将心。
沐雨经风多历练，鹤姿高立体操林。

单杠一举夺冠，邹凯再奏凯歌。至此，中国在体操上共获9金，是所有项目中获金最多的。邹凯一人获得3金，是中国军团中获金最多的，追平了当年的体操王子李宁一届奥运会3金的纪录。

# 陆春龙

男子蹦床

火箭伸天向上冲，身姿飘逸脚生风。
改行不久属新手，赢在体操基本功。

　　陆春龙，在高手云集，竞争激烈的蹦床上，为中国又"蹦"出一金。中国队包揽了这个项目的男女两块金牌，这对只有10年历史的中国蹦床队而言，实属不易。当然，选手练蹦床时间短，但大多是从体操改行的，陆春龙也一样。深厚的体操功底是夺冠的坚实基础。

# 何　冲

男子跳水3米跳板

动作高难柔蕴刚，一身霸气敢张扬。
功夫练达遂心愿，临阵尤看意志强。

　　何冲的对手要么怕错求稳，分数上不去；要么冒险求难，出现重大失误。艺高胆大的何冲难度系数高于所有对手，特别是最后一跳的动作，除了他无人敢用，竟得了100.70的高分，总分高出第二名36分，展现出一股舍我其谁的霸气。

# 殷　剑

女子帆船帆板RS—X级

独立撑帆毅力支，兜风掀浪向前驰。
卧薪尝胆四年过，吐气扬眉零破时。

　　作为雅典奥运会亚军，殷剑期待了四年，北京奥运会，志在夺金。苍天不负有心人，"扬眉剑出鞘"，殷剑如愿以偿，不仅夺得女子个人帆板金牌，并且创造了历史——中国体育在帆船帆板项目上终于实现了奥运会金牌零的突破。

# 吴静钰

女子跆拳道49公斤以下级

攻守兼优更重攻，出征始觉乐无穷。
己强方显对方弱，决胜怀胎自信中。

　　外表文静，笑靥常随的吴静钰，在赛场上却被人称为进攻狂人。她那防不胜防的无影脚更是对手的噩梦。她以闪电般的速度为中国跆拳道拿下本届奥运会第一块金牌，实现了小级别上的重大突破。

# 陈若琳

女子跳水10米跳台

十载经营十米台，欣逢奥运展真才。
纵身一跳百分获，居上果然凭后来。

陈若琳的最后一跳，也是全场的最后一跳。这一跳，她必须跳出90分以上的高分才能夺冠。暂时领先的加拿大选手笑逐颜开，仿佛已稳操胜券。不料，陈若琳过硬的最后一跳竟获100.30分！全场欢呼雀跃，震耳欲聋。

# 张怡宁

女子乒乓球单打

与友争锋各显能，赢来观众尽欢腾。
领衔上演两连冠，三面红旗一道升。

女子乒乓球单打，张怡宁与队友王楠两大绝顶高手对决，成功卫冕。这使她成为继"乒乓球女皇"邓亚萍之后，又一位蝉联奥运会单打冠军的女选手。她的四枚奥运会金牌也追平了邓亚萍和王楠的纪录。中国队包揽金、银、铜三枚奖牌，三面国旗同时升起来。

# 孟关良 杨文军

### 男子双人划艇

共结同心誓夺魁，协调一致向前开。
拼将全力争毫秒，精彩伴随惊险来。

孟关良、杨文军组合，在一路领先后遭到了对手的挑战，但他们奋力撞线，以0.2秒的优势惊险夺冠，演绎了体育竞技的精彩。世界上没有一条艇在同一个项目上蝉联金牌，孟关良和杨文军打破了这个神话。

# 马 琳

### 男子乒乓球单打

拼命三郎一路拼，直教对手望风惊。
打完团体打单项，捷报频传马不停。

乒乓球男子单打决赛，马琳胜王皓，铜牌由王励勤获得。同女单一样，中国男单囊括三枚奖牌，乒乓三虎将同登领奖台。本届乒乓球团体和单打比赛，中国队大获全胜，包揽四金，毫无悬念地捍卫了国球的荣耀。

# 邹市明

男子拳击48公斤级

实力超强对手愁，意犹未尽场先收。
拳坛华夏无金史，从此轻轻一笔勾。

这是中国拳击项目在奥运会上的首枚金牌。夺金的过程有些意外，结果却在意料之中。当决赛对手在第二回合便因伤退出比赛时，没来得及尽情发挥的邹市明颇多遗憾。圆满的是，他齐集了全国冠军、亚运会冠军、世锦赛冠军和奥运会冠军的头衔，实现了拳击生涯的大满贯。

# 张小平

男子拳击81公斤级

盛会将临谢幕时，中华黑马又奔驰。
挺胸昂首瞻前景，一路鲜花一路诗。

盛会即将谢幕，黑马才刚出场。名不见经传的张小平给国人又一惊喜：用使不完的劲轻松夺得最后一枚金牌，让中国金牌榜定格在51枚，奖牌榜定格在100枚。拳击的突破是何等甜美，北京的收官是何等完美，展望前景是何等壮美！

二〇〇八年八月

# 北京奥运会外国选手风采（二十三首）

　　来自204个国家和地区的1万余名运动员，在16天里挑战极限，攀越新高，欢度时光，增进友情，奏响了更快、更高、更强的激情乐章，描绘了团结、友谊、和平的壮丽画卷，演绎了令人难忘的传神风采。

## 博尔特（牙买加）

### 男子短跑

　　阔步如飞创一流，轻松挥臂写春秋。
　　且将舞蹈代冲刺，牙买加人真够牛。

　　博尔特在男子100米、200米和男子4×100米接力赛中，连续打破世界纪录，一次次挑战人类的生理极限。牙买加的女子短跑也成绩斐然，包揽了女子100米的金、银、铜牌。牙买加人在短跑方面的表现成为北京奥运会的重大亮点之一。

## 菲尔普斯（美国）

### 男子游泳

　　水立方中涌异才，飞鱼狂揽八金牌。
　　天生玉料精雕琢，创出人间奇迹来。

　　在水立方，菲尔普斯一人独揽8枚金牌，创7项世界纪录，成为一届奥运会夺金最多的人；加上雅典奥运会夺得6枚金牌，两届共夺得14枚，也是奥运史上夺金最多的人。菲尔普斯的成功，固然有天赋，但同他的后天努力分不开，每天早上5时起床训练从未间断，近7年来，2500多天只有5天没下过水。他常说："如果你休息一天，实力就会倒退两天。"

## 伊辛巴耶娃（俄罗斯）

### 女子撑杆跳高

翩翩仙女返天宫，手执长杆犹驭龙。
跨越银河回首望，全身还在鸟巢中！

从雅典到北京，从4.91米到5.05米，4年间横杆高度的飙升，记录着伊辛巴耶娃的轨迹。"鸟巢"为她带来吉祥，在这里，她第24次改写自己保持的世界纪录，被人称为"离天空最近的女人"。

## 阿德林顿（英国）

### 女子游泳

泳坛小将箭离弦，一跃穿行十九年。
打破尘封陈旧帐，翻开新页谱新篇。

阿德林顿，这个19岁的小将，在女子800米自由泳决赛中，一举打破"沉睡"了19年的世界纪录，震惊泳坛。原世界纪录是1989年创造的，那一年阿德林顿刚刚出生。

## 范德韦登（荷兰）

男子马拉松游泳

打退病魔狂进攻，领衔挑战马拉松。
奥林匹克和生命，两块金牌挂在胸。

范德韦登在挑战人类耐力和意志的男子10公里马拉松游泳比赛中，冲在最前夺冠。不可思议的是7年前他还在和白血病斗争。头顶上两个硬币大小的伤疤，是化疗和骨髓移植留下的印记。这位奥运和生命两块金牌双丰收的明星说："与病魔作战后，我在生命中遇到的所有事情都变得更简单。"

## 纳塔莉·杜托伊特（南非）

女子马拉松游泳

可贵肢残志未残，畅游万米岂言难。
毅然达线嫣然笑，有梦人生必有欢。

纳塔莉·杜托伊特在2001年因遭车祸左小腿被截肢，这无异于宣判了她运动生涯的结束。但这位坚强的姑娘没有向噩运低头。她说："人生的悲剧不在于不能实现目标，而在于没有目标。"为了同正常人一道参加奥运会，她坚持艰苦训练，终于取得了参加北京奥运会的资格，并在女子10公里马拉松游泳比赛中，第16个到达终点。

# 尚托（美国）

### 男子游泳

不畏恶魔原是癌，劈波斩浪向前开。
人生路上谁无坎，敢迈胜登金奖台。

北京奥运会前两个月，尚托被确诊患有睾丸癌。顶着这个沉重打击，他毅然来到北京，参加了200米蛙泳赛。赛后尚托自豪地说："能参加奥运会，我已经得到了一切。我完成了来这里的目标，创造了个人最好成绩，这已经足够了。""癌症不能控制我的生活，我不会被它击垮，我要战胜它！"

# 帕尔蒂卡（波兰）

### 女子乒乓球

好个波兰维纳斯，乒坛独臂战全肢。
敢于超越争平等，出场无疑已胜时。

帕尔蒂卡，这个被人爱称为"波兰维纳斯"的美丽女孩，并没有被右手先天失缺吓倒。她克服重重困难，从小就坚持同健全人一起打乒乓球，一直打到北京奥运会。看到这个自强不息的女孩，使人们对奥林匹克精神有了更多、更深的理解。

# 丘索维金娜（德国）

## 女子体操

参奥缘于子病牵，不图名位只图钱。
为儿付出终无悔，母爱情怀可感天。

　　丘索维金娜，奥运会五朝元老。体操是青少年的专利。现年已33岁的她仍来参赛，主要是为了挣钱，为身患白血病的儿子治病。6年前儿子被确诊为白血病时，本已退役的她又复出，而且为了多挣钱，训练和参加了更多的项目。她说："儿子就是我的全部生命，只要他的病还未痊愈，我就一直坚持下去，他就是我的动力。"这是一位伟大母亲为爱无悔付出的感人故事。

# 施泰纳（德国）

## 男子举重

登上奖台双泪流，是谁激励拔头筹？
亡妻玉照手心捧，铁骨男儿情更柔。

　　施泰纳出现在最高领奖台时，一手举着金牌，一手举着亡妻的照片。照片中，妻子甜美地笑着，领奖台上的施泰纳也会心地笑了。这位男子举重105公斤以上级的冠军，把北京奥运会最"重"的金牌，献给了默默激励他奋斗的亡妻。

## 李培永（韩国）

男子举重

只要坚持不懈拼，未题金榜败犹荣。
腿伤有憾心无憾，奥运之行留德行。

在男子69公斤级决赛中，李培永第一次挺举时腿受伤。但他没有放弃，又举第二次，也失败了。第三次，也是最后一次，他又出场。上举时伤痛再次发作，杠铃被甩了出去，他则摔在地上。全场观众为之感动，热烈鼓掌致敬。赛后，李培永说："我尽了自己的全力，已经没有遗憾了。"

## 萨乌丁（俄罗斯）

男子跳水

五朝元老萨乌丁，二十多年跳不停。
坎坷征程伤困扰，孜孜追梦忘高龄。

萨乌丁自幼与跳水结缘，这次来北京是以34岁高龄第5次参加奥运会，在男子双人3米跳板获得一枚银牌，是他的第8枚奥运会奖牌。萨乌丁跳水生涯遭遇不少坎坷，曾被连捅数刀，几乎丢命；曾出现严重失误，与奖牌无缘。但由于酷爱跳水事业，他还是一次次坚持了下来。

# 宾德拉（印度）

### 男子射击

神枪决胜靶心穿，八十八年金梦圆。
亿万人民长吐气，国歌奏响国狂欢。

宾德拉在10米气步枪决赛中，为印度摘取了参加奥运会88年来第一块个人金牌。全国为之狂欢，总统、总理速致贺电。宾德拉也充满激情地说："当国旗升起、国歌奏响的时候，我感到自己是在代表一个集体，而不是个人。"

# 考文垂（津马布韦）

### 女子游泳

明星耀眼起雄风，为国争光尽力冲。
纪录刷新惊世界，凯旋乡土不嫌穷。

考文垂在水立方中4天之内两破世界纪录，两破奥运会纪录，成为耀眼明星。在接受采访时，她说："我得到了祖国人民极大的支持，现在只想尽力为国争光。"当被问到会不会考虑改变自己的国籍时，考文垂坚定地说："我会一直代表津巴布韦参赛。""能有机会回家与每个人共享荣誉，我非常激动。"

## 纳迪尔·马斯里（巴勒斯坦）

男子长跑

最后一名冲刺欢，孤单身影岂孤单。
不言放弃尊严在，参与无疑梦已圆。

在5000米预选赛中，纳迪尔·马斯里是最后一名。他没有中途放弃这个历尽艰辛才得到的宝贵机会，到达终点线时仍奋力冲刺，博得全场掌声。赛前他说："能来这里参加比赛是我的骄傲，我知道实力不如对手，但我代表我的国家，我会全力以赴。"赛后他又说："我希望成绩能再好一些，但不管怎样，我的奥运会梦想终于实现了。"

## 德特纳摩（瑙鲁）

男子举重

参赛只来君一人，虽无获奖获精神。
国家大小俱平等，融入方知此味真。

德特纳摩是瑙鲁派来参加北京奥运会的惟一运动员。瑙鲁是南太平洋中一个岛上小国，面积24平方公里，人口1.33万。国家小，选手只有一人，夺牌希望不大，但在奥运会大家庭中所有国家和选手都是平等的，参与本身就获得了平等的精神享受，就是一种成功。

# 栾菊杰（加拿大）

### 女子击剑

移居海外岂居安，五十高龄返剑坛。
有幸回乡参奥运，无缘折桂也欣然。

栾菊杰，24年前，为中国赢得第一枚奥运击剑金牌。如今，移居海外多年，已是50岁的她，又代表加拿大重返赛场。动因是奥运会在北京举办，激起她眷恋祖国的情结。比赛结果，无缘16强，她却笑着说："能够在北京参加奥运会，这是我运动生涯最完美的结局。"

# 达那·侯赛因（伊拉克）

### 女子短跑

战乱家乡训练艰，北京参赛乐怡然。
平安友谊氛围里，享受和谐十六天。

在饱经战乱的祖国伊拉克训练时，达那·侯赛因常常冒着枪弹危险。买不起新跑鞋只好买双旧跑鞋。来到北京，她受到热情欢迎和盛情款待。当她穿着中国赠送的运动服冲过终点时，全场欢声雷动，使她尽情享受了和平和谐的欢乐。

# 埃蒙斯（美国）

### 男子射击

屡挫面前心态平，虚怀恭贺对方赢。
体坛胜败寻常事，既重金牌更重情。

　　埃蒙斯同4年前的雅典奥运会一样，在男子50米步枪三种姿
势的决赛中，在领先的情况下，最后一枪大失水准，把金牌拱手
让于中国选手。对此，埃蒙斯虽然情绪不高，但不懊恼。赛后他
说："这没什么好抱怨的，""我还是想再打四年。"他还同金
牌得主邱健轻轻拥抱，表示祝贺。这种心态和度量，令人感动。

## 帕杰林娜（俄罗斯）妮诺（格鲁吉亚）

### 女子射击

两国争端正调兵，二人接吻表衷情。
喜看奥运神奇力，化解冤家心上冰。

　　北京奥运会期间，俄罗斯、格鲁吉亚两国正发生严重冲突，
而女子10米气手枪中分获银牌和铜牌的俄罗斯选手帕杰林娜和格
鲁吉亚选手妮诺在领奖台前则互相拥抱、接吻，互表友谊之情。
这个生动场景，充分展示了体育的凝聚力，表现了奥运无国界的
强大威力。

# 蒂·迪巴巴（埃塞俄比亚）

## 女子长跑

长跑世家生力军，鸟巢得意卷风云。

悠然万米轻盈过，黑色珍珠璨压群。

蒂·迪巴巴生长在长跑家庭。她的堂姐曾获两届奥运会万米冠军，姐姐曾获雅典奥运会万米亚军，妹妹是世界定向越野青年组比赛冠军。这次北京奥运会，她同姐姐一道参加女子万米赛。她一路超过所有对手狂奔过终点夺冠，姐姐获第14名。

# 肖恩（美国）

## 女子体操

蹦跃翻飞舞绝伦，晶莹喜泪涤艰辛。

中华文化熏陶久，敬重恩师犹至亲。

肖恩的教练乔良是中国人，对肖恩特别关心。在乔良的教导下，肖恩不仅学到了体操中的中国元素，成为优秀体操选手，而且学到了中国文化道德，对恩师乔良敬重如父。肖恩在平衡木项目上夺冠后，师徒二人紧紧拥抱在一起庆贺。

## 法华津宽（日本）

### 男子马术

年逾花甲展英姿，抖擞精神马上驰。
强健身心须运动，无分老少贵坚持。

67岁的法华津宽是北京奥运会最年长的运动员。早在1964年法华津宽就参加过东京奥运会，距今已44年。有人问他是否参加下届伦敦奥运会，他说："只要身体允许，我就不会放弃。"

二〇〇八年八月

# 南阳行

## 谒武侯祠（四首）

### （一）

襄阳访罢访南阳，一位名人两地祥。
且喜隆中传说美，卧龙岗上更流芳。

### （二）

祠堂古朴对联精，欲顾茅庐曲径行。
诸葛隐身非厌世，刘郎洞察用心诚。

## （三）

仪表堂堂智绝伦，竟然相中丑夫人。
不挑容貌挑才德，天下英豪愧望尘。

## （四）

殚思极虑虑惟公，尽瘁两朝三代忠。
千载沧桑时代变，英魂永耀古今同。

## 观内乡县衙府

县衙古建几留踪？极左潮来一扫空。
惟独此乡人胆大，只跟真理不跟风。

二〇〇八年十月

## 忆秦娥·巴以战火

报载：从2008年12月27日开始，以色列对加沙地带发动攻击，持续22天，造成1400多名巴勒斯坦人死亡，5500多人受伤。

枪声烈，加沙地带频流血。频流血，孤儿惨叫，妪翁残咽。　地区冲突深仇结，平民罹难何时歇？何时歇，文明世界，兽行猖獗！

二〇〇九年一月

# 迎春小景

## 写春联

幅幅春联色泽红，自编自写走蛇龙。
国兴家旺任挥洒，笔底墨香年味浓。

## 发短信

按键如弹小巧琴，瞬间万里递佳音。
言词简洁情浓郁，凝聚相思一颗心。

## 包饺子

老夫剁馅老妻调，儿子擀皮儿媳包。
孙女岂能闲得住，咚咚捣蒜抢功劳。

## 赏春晚

精彩纷呈送乐来，逗人个个笑红腮。
时间不觉近零点，大腕明星始出台。

## 放鞭炮

零点时分万炮鸣，流光溢彩满天星。
谐调五色乾坤灿，协奏七声家国宁。

## 吃元宵

洁白天衣无缝寻，名同佳节古传今。
阖家月下团圆品，香沁肺脾甜润心。

二〇〇九年二月

## 退休写照

安闲少动腹先肥，步履蹒跚赘肉欺。
两鬓花斑无染意，一身毛病赖求医。
案头总积书和报，手下偶玩琴与棋。
关注民生成习惯，退休未敢退思维。

二〇〇九年二月

## 长相思·赞一颗鸡蛋工程

　　山西省静乐县委县政府为全县住校中、小学生每人免费提供一颗鸡蛋，坚持两年，学生体质有明显改善。

阳光匀，雨露匀，洒向苗苗献爱心。
真诚贵胜金。　　根儿勤，杆儿勤，茁壮
挺身汾水滨。来年成密林。

二〇〇九年二月

# 流　连

流连经典赏新辞，正是夜深人静时。
群鸟晨来窗外闹，叽喳笑我醒来迟。

二〇〇九年三月

# 读史（二首）

## （一）

浩浩中华青史卷，洋洋豪杰壮行篇。
但凡胸有冲天志，命运多同国运连。

## （二）

叛国偷生留恶名，为民浴血死犹荣。
平时好坏颇难辨，危难面前红黑明。

二〇〇九年三月

# 喜赋"地球一小时"活动

"地球一小时"活动是世界自然基金会提出的一项倡议。为应对气候变暖，号召全球居民每年3月28日20时30分关闭电源和电器一小时，为节能减排做贡献。今年，全球有84个国家和地区的2800多个城镇踊跃参加这一活动。

地球重负盼轻松，一载迎来一点钟。

千市熄灯临夜幕，亿人举首赏星踪。

祈求永世光明照，甘受短时幽暗蒙。

呵护家园贵行动，喜看四海尽争锋。

二〇〇九年三月

# 柳　絮

风和日丽百花香，柳絮乘机四处扬。

沾发沾衣明卖弄，侵腔侵肺暗猖狂。

下箕扫荡齐逃遁，洒水清除俱灭亡。

春景并非纯粹美，择情应对总无妨。

二〇〇九年四月

# 过明代晋王朱枫墓

四面围墙残迹留，园心高耸葬王侯。
帝宫险夺火中栗，皇子忽成阶下囚。
朝代专权延未绝，亲情反目戮无休。
所欣青史开新纪，万木谐生花满丘。

二〇〇九年四月

# 踏青上峰村

约友城郊游上峰，正当佳木斗玲珑。
晶莹梨海雪般白，鲜艳桃林火样红。
枣干苍青芽始发，杏枝嫩绿果先丰。
天然色泽巧调配，各展英姿浴爽风。

二〇〇九年四月

# 赞神木县基本实行全民免费医疗

政府有钱何处花？医疗免费乐千家。
无分职业等同待，打破城乡贫富差。
斩棘勇为挥阔斧，惠民胜过保乌纱。
革新志在经风雨，雨后朝阳映彩霞。

二〇〇九年五月

## 抗震救灾一周年感怀

十亿神州意气豪，泰山压顶未弯腰。
救灾激发英雄胆，阔步征程志更高。

二〇〇九年五月

## 次韵钟家佐先生《八十初度》

思维敏锐语清新，一片童心度八旬。
幸聚同行颇受益，憾分异处更怀亲。
资深功卓岂经意，诗雅书宏务见神。
来日漓江期再访，凌波对句共迎春。

二〇〇九年六月

## 无　题

河水遭山阻，曲流终向东。
阳光逢雾锁，折射蔚成虹。

二〇〇九年七月

# 练书法

老来生眼病，欺我读书难。
黑白分明处，欣留弄墨权。

二〇〇九年八月

# 赠盲人歌手高志鹏

学成出校园，四处献歌欢。
心底光明在，全盲也乐观。

二〇〇九年八月

# 某大学开设信访专业感怀

寻常其实不寻常，信访登科入课堂。
洞察社情真本领，鼓呼民意大文章。
问题症结怎知晓？传统作风待发扬。
送上门来皆学问，欲通彼岸有桥梁。

二〇〇九年八月

## 沁园春·为新中国六十华诞献辞

日出东方，广阔神州，尽现舜尧。忆南京解放，王朝断气；北京盛典，礼炮冲霄。山岳欢呼，江河吟唱，大众翻身挺起腰。天亮了，任当家作主，喜上眉梢。　　勇掀改革春潮，且对外开门广结交。看国家实力，天天增长；人民生活，节节提高。安定繁荣，和谐舒畅，上下同心谋赶超。欣奇迹，引环球竞访，万里迢迢。

二〇〇九年十月

## 观赏国庆大阅兵

昨夜甘霖洒，今晨红日晖。
长街方阵涌，广场凯歌飞。
铁甲迎花甲，军威耀国威。
银鹰忽呼啸，万众尽扬眉。

二〇〇九年十月

# 珏山赏月歌（四首）

## （一）

我爱珏山春色美，多情蜂蝶戏群芳。
双峰捧月凌空起，夜幕含羞远处藏。

## （二）

我爱珏山夏风爽，林阴摇曳享清凉。
乘舟寄兴黄昏后，月映丹河波泛光。

## （三）

我爱珏山秋景妙，无边红叶激情扬。
最宜望月青莲寺，古色悠然融古香。

## （四）

我爱珏山冬韵雅，雪飞万树绣银装。
龟蛇白胖遥相望，月照晶莹童话乡。

二〇〇九年十月

# 秋登珏山

珏山秋最美，我辈乐登临。
日照枫腾火，风吹地撒金。
幽幽峰裂口，缓缓月开襟。
万籁无声息，清辉照古今。

二〇〇九年十月

# 游碛口

## 碛口古镇

植根黄土枕黄河，风景宜人故事多。
游罢古街游古渡，赏完民俗赏民歌。

## 西湾民居

黄河边上古风存，宅院依山错落蹲。
须是先登邻屋顶，才能进得自家门。

## 李家山民居

黄土高坡一片青，大山深处构空灵。
凤凰展翅多精彩，文化民居溢古馨。

## 古商道

河岸刀削立壁间，羊肠小道欲通天。
已无营利商家顾，不乏幽思骚客怜。

二〇〇九年十月

## 游北京香山

登上香炉峰顶瞧，碧波起伏绕周遭。
唯其南面深沟里，工厂乌烟破协调。

二〇〇九年十月

## 游北京碧云寺

红墙碧瓦越千秋，一代伟人曾暂休。
遮天树冠浓阴里，偶闻知了唱清幽。

二〇〇九年十月

【注】
孙中山先生1925年在北京逝世后，遗体曾一度在碧云寺安放。

# 龙岩行

## 参观紫金矿业露天开采

不必挖窑不冒烟，这头揭顶那头填。
车流梳理山容改，淘罢黄金造绿田。

## 欣赏客家土楼

南迁创业务求真，遂使客家成主人。
手笔惊天留壮举，土楼恰似鸟巢神。

## 瞻仰古田会议旧址（二首）

### （一）

弹指光阴八十年，中华已跃数重天。
里程碑刻知多少？清点家珍到古田。

### （二）

点燃星火踏征程，愈是危艰愈抗争。
榜上多人无照片，只缘少壮早牺牲。

## 瞻仰长汀县苏维埃政府旧址

标语依稀桌凳陈，政权初创倍艰辛。
院中树叶婆娑语，犹忆当年举义人。

## 梅花山观虎

虎园观虎捕鸡羊，全仗人为始逞强。
不返深山争独立，子孙难免一朝亡。

## 幸会台湾诗友林恭祖

纯真活脱一顽童，舞步流星腰不弓。
问尔缘何无老意，寻根感觉爽生风。

二〇〇九年十二月

# 厦门掠影

## 览金门

同宗骨肉奈何分，海水相溶岩共根。
炮火烟消雾散后，彩船劈浪览金门。

## 金门刀

当年两岸战无休，炮弹钢材选一流。
今改菜刀呈闹市，轻盈锋利创名优。

## 一条根

舒筋活络味甘温，盛产金门销厦门。
名不虚传连两岸，祖孙万代一条根。

## 过林巧稚故居

少小离家终独身，一生岂只献青春。
休言德厚憾无后，双手迎来多少人！

## 谒陈嘉庚墓

育人救国意拳拳，心血钱财悉数捐。
瞻仰人群潮水涌，孤身墓地变公园。

## 谒郑成功雕像

横刀勒马态从容，迎送千帆面海风。
鼓浪屿头谁不朽？顶天立地郑成功。

二○○九年十二月

# 游泉州开元寺

古榕繁茂米兰香，双塔巍峨白鸽翔。
涉足佛门清静地，偷闲片刻坐阴凉。

二〇〇九年十二月

# 夜　航

天低星挂窗，地暗见灯光。
天地周边合，机于球内航。

二〇一〇年一月

# 观治印

钢铧犁石上，石上浪花开。
深刻一词汇，莫非由此来？

二〇一〇年二月

# 赞新声韵践行者

与时俱进促诗荣，道理寻常贵践行。
岁月如流今代古，新声潜力在新生。

二〇一〇年二月

# 王家岭生命礼赞（四首）

## （一）

昼夜救援分秒争，三千壮士志成城。

不言放弃不抛弃，大爱赢来奇迹生。

## （二）

身困深渊黑暗围，心存希望透光辉。

顽强挺到援兵至，叱退死神荣耀归。

## （三）

梳头洗脚不嫌脏，刮罢胡须喂米汤。

获救弟兄医院住，温馨胜躺自家床。

## （四）

一方有难八方援，上下同心血脉连。

今日中华何为贵？平民生命大于天！

二〇一〇年四月

# 春访城郊农场

昨夜雨沙沙，今晨赏杏花。
无尘欺肺腑，有友话桑麻。

二〇一〇年四月

# 永祚寺赏牡丹未开

今年春季遇寒潮，四月牡丹难放苞。
我劝游人休抱怨，满园诚献碧仙桃。

二〇一〇年四月

# 世博园一日游

## 主题馆

绿茵横竖任铺攀，万物和谐成自然。
生活如何才更好？流连范本路途宽。

## 中国国家馆

方正端庄仪态红，入门一派绿茸茸。
高科低碳未来景，尽在连绵彩画中。

## 山西馆

古朴门楼厚重墙，能源演绎链条长。
人文元素融经济，插翅腾飞新晋商。

## 汽车馆

慧眼前瞻二十秋，无须人驾四方游。
阳光风力常充足，洁净驱车不用油。

## 太平洋群岛联合馆

碧浪滩头洁白沙，椰林掩映几渔家。
民风未脱原生态，世上欣留处女花。

## 浏览各国馆

圆肥长瘦互争锋，怪状奇形各不同。
个性鲜明多创意，构思独特领新风。

二〇一〇年四月

# 游上海

## 从东海大桥到洋山港

万米长虹跨海悬，超高桥墩巨轮穿。
吊车排列犹琴键，奏响浦东兴旺篇。

## 瞻仰中共一大会址

为有平房曾聚贤，直教琼厦竞摩天。
高低明暗反差处，四海游人俱肃然。

## 过南浦大桥

车流鱼贯绕，渐向半空悬。
举目白云近，上桥先上天。

二〇一〇年四月

# 附录：

## 楹联一组

赏景宜徒步
提神赖品茗

（题某茶庄）

做人言必信
凭日月方明

（自题）

临海胸怀展
登山眼界开

（为旅行者撰）

雨落云先合
风来树早知

（偶成）

片云生爽意

寸草蕴芳心

（自题）

若嫌锅底黑

休品碗中香

（为厨房撰）

雨润禾苗爽

亭高山岳雄

（挽友联）

忠心连赤胆

热血铸丰碑

（挽友联）

今日苗含雨露

明朝苑绽芳菲

（为某少年撰）

老骥犹存远志
夕阳不吝余晖

（自题）

贯中演义冠中国
陈醋溢香称醋都

（为清徐县撰）

峡谷腾云藏美景
高山飞瀑泄佳音

（为云台山撰）

就医忍痛为消痛
处事知难不算难

（偶成）

健谈勿忘践行贵
常走方知长跑难

（自题）

脑海不容尘积淀
心田全赖己耕耘

（自题）

高峰似笋冲天立
小道如蛇曲体盘

（偶成）

演讲张王俱规矩
践行李赵各方圆

（题某单位）

明里拍胸昂首讲
暗中张口狠心贪

（题某君）

情景交融开意境
诗文并茂焕精神

（偶成）

宏功无愧一朝相

厚德殊荣三帝师

（为祁寯藻纪念馆题）

江水曲流终入海

阳光折射蔚成虹

（为经历磨难者撰）

地缘绿染生机旺

水藉清流活力恒

（2007年春联）

万众扬眉迎奥运

卅年挥臂庆丰收

（2008年春联）

六秩春秋遍地凯歌开盛世

万家灯火满怀豪气度新年

（2009年春联）

清风吹绿千株树
细雨浇红万朵花

（2009年春联）

博士胸怀容异域
专家情愫结同心
（为国外工作的两知识青年撰婚联）

结交挚友辟佳境
施展京城怀大山

（为北京骄城山饭店撰）

苍天晴雨人能预测
大众乐忧我应先知

（为信访人员撰）

古建名山先哲遗存皆画意
黄河佛教晋商文化尽诗情

（为山西博物馆撰）

百代常青柏荫庇两唐故地
万年难老泉波涵千顷良田

（为晋祠撰）

春夏秋冬时令四时无不过
酸甜苦辣人生百味俱须尝

（自题）

乱云移北岭夕阳又露温馨面
散鸟聚东林阔叶难遮喜悦情

（春野黄昏）

# 后　记

　　这本诗词选，从两千余首诗词中选了近千首，断断续续花了半年时间，今天总算整理完了。因患眼疾，从收集、遴选、编排到打印后校稿，比较辛苦，但苦中有乐，乐于系统回顾了一次汗水和心血的结晶。

　　本集按写作时间编排，好处是便于看清自己的"诗路历程"。融入时代，反映现实，植根生活，关注民生，是我写诗的一贯主张。质量不尽如人意，但追求是不懈的。有目标，而且为之作出了努力，也就满意了。

武正国

二〇一〇年五月二十六日